【灼华诗丛】

杨碧薇 著

去火星旅行

陕西新华出版
太白文艺出版社·西安

图书在版编目（CIP）数据

去火星旅行/杨碧薇著. -- 西安：太白文艺出版社, 2022.3（2023.6重印）
（灼华诗丛）
ISBN 978-7-5513-2102-0

Ⅰ.①去… Ⅱ.①杨… Ⅲ.①诗集－中国－当代 Ⅳ.①I227

中国版本图书馆CIP数据核字(2022)第037486号

去火星旅行
QU HUOXING LÜXING

作　　者	杨碧薇
责任编辑	靳　嫦
封面设计	郑江迪
版式设计	建明文化
出版发行	太白文艺出版社
经　　销	新华书店
印　　刷	三河市同力彩印有限公司
开　　本	889mm×1194mm　1/32
字　　数	84千字
印　　张	6.25
版　　次	2022年3月第1版
印　　次	2023年6月第2次印刷
书　　号	ISBN 978-7-5513-2102-0
定　　价	45.00元

版权所有　翻印必究
如有印装质量问题，可寄出版社印制部调换
联系电话：029-81206800
出版社地址：西安市曲江新区登高路1388号（邮编：710061）
营销中心电话：029-87277748　029-87217872

诗人给了世界新的开始

——"灼华诗丛"八位诗人读记

◎霍俊明

由"灼华"一词,人们可能首先想到的是《诗经》中的那首诗,想到四季轮回的初始和人生美妙的时光。太白文艺出版社"灼华诗丛"的编选目的和标准都很明确,即入选的诗人大抵处于精力旺盛的阶段且写作已经显现个人风格或局部特征。平心而论,我更为看重的是当代诗人的精神肖像,"持续地/毫无保留地写/塑造并完成/我在这个世界中的独立形象"(马泽平:《我为什么要选择写诗》)。对于马泽平、杨碧薇、麦豆、熊曼、康雪、林珊、李壮和高璨这八位诗人而言,他们的话语方式甚至生活态度都有着极其明显的差异,但总是那些具有"精神肖像"和"精神重力"的话语方式更能让我会心。正如谢默斯·希尼所直陈的那样:"我写诗/是为了看清自己,使黑暗发出回声。"(《个人的诗泉》)由此生发出来的诗歌就具有了精神剖析和自我指示的功能,这再一次显现了诗人对自我肖像以及时间渊薮的剖析、审视能力。自觉的写作者总会一次次回到这个最初的问题——为何写作？我一直相信，真正的写作会带动或打开更多的可能性，而诗人给了世界新的开始。这样的诗歌发声方式更类似于精神和生命意义上的"托付"，恰如谢默斯·希尼所说的，使"普通事物的味道变得新鲜"。

几年前读露易丝·格丽克的诗的时候，给我印象最深的一句是"总是太多，然后又太少"。诗人面对当下境遇和终极问题说话，并不是说得越多越好，相比而言说话的方式和效力更为重要。由此，真正被诗神选中和眷顾的永远都不可能是多数。

马泽平的诗让我们看到了频繁转换的生活空间和行走景观，当然还有他的脐带式的记忆根据地"上湾"。在米歇尔·福柯看来，20世纪是一个空间的时代，而随着空间转向以及"地方性知识"的逐渐弱化，在世界性的命题面前人们不得不将目光越来越多地投注到"环境""地域"和"空间"之上……

我这样理解关于一个地名的隐秘史
它有苍茫的一面：春分之后的黄沙总会漫过南坡
坟地
也有悲悯的一面：
接纳富贵，也不拒绝贫穷，它使乌鸦和喜鹊
同时在一棵白杨的最高处栖身

这几句出自马泽平的《上湾笔记》。"上湾"作为精神空间和现实空间的融合体，再一次使诗歌回到了空间状态。这里既有日常景观、城市景观、自然景观以及地方景观，又有一个观察者特有的取景框和观看方式。诗歌空间中的马泽平大抵是宽容和悲悯的，是不急不缓而又暗藏时间利器的。他总是在人世和时间的河流中留下那些已然磨亮的芒刺。它们并不针对这个外部的世界，而是指向精神渊薮和语言处境。就马泽平的语调和词语容量来说，我又看到了一个人的阅读史，他也时时怀着与诗人和哲学家"对话"和"致敬"的冲动。这再次印证了诗歌是需要真正意义上的命运伙伴和灵魂知己的，"一个人和另一个人／有了同样的生辰"（《一个和另一个》）。

　　杨碧薇出生于滇东北昭通，但是因为城市生活经验的缘故，她的诗反倒与一般意义上的"昭通诗群"和"云南诗人"有所区别，也与很多云南诗人的山地经验和乡村视角区别开来。这一区别的产生与其经验、性格、异想方式乃至诗歌和艺术趣味都密切关联。杨碧薇是一个在现实生活版图中流动性比较强的人，这种流动性也对应于她不同空间的写作。从云南到广西，到海南，再到北京，这种液体式的流动和开放状态对于诗歌写作而言是有益的。"一枚琥珀在我们的行李箱里闪亮，宛若初生。"（《立春》）与此相应，杨碧薇的每一首诗都注明了极其明确的写作地点和时间，是日记、行迹和本事的结合体。读杨碧薇的诗，最深的体会是，她好像是一个一直在生活和诗歌中行走而难以停顿的人,是时刻准备"去火星旅行"的人。杨碧薇的诗有谣曲、说唱和轻摇滚的属性,大胆、果断、逆行,也有难得的自省能力。无论是在价值判断上还是在诗歌技术层面,她都能够做到"亦庄亦谐"。"诗与真"要求诗歌具备可信度,即诗歌必然是从骨缝中挤压出来的。这种"真"不只是关乎真诚和真知,还必然涵括一个诗人的贪嗔痴等世俗杂念。质言之,诗人应该捍卫的是诗歌的"提问方式",即诗歌应该能够容留"不纯""不雅"与"不洁",从而具备异质包容力和精神反刍力。与此同时,对那些在诗歌中具有精神洁癖的人,我一直持怀疑的态度,因为可读性绝对离不开可信性。杨碧薇敢于撕裂世相,也敢于自剖内视,而后者则更为不易。这是不彻底的诗和不纯粹的诗,平心而论,我更喜欢杨碧薇诗歌中的那份"不洁"和"杂质",喜欢这种颗粒般的阻塞感和生命质感,因为它们并未经过刻意的打磨、修饰和上蜡的过程。

麦豆是80后诗人中我较早阅读的一位,那时他还在陕西商洛教书。麦豆诗歌的形制自觉感越来越突出,这也是一个诗人逐渐成熟的标志之一。麦豆的诗中闪着一个个碎片的亚光,这些碎片通过瞬间、物象、人物、经验,甚至超验的形式得以产生不同的精神质素。这是一个个恍惚而真切的时间碎片、生命样本、现实切片以及存在内核。与命运和时间、世相命题融合在一起的碎片更能够牵引我的视线,这是跨越了表象栅栏之后的空地,也表示世界以问题的形式重新开始。在追问、叩访、回溯和冥想中那些逝去之物和不可见之物重新找到了它们的影像或替身，它们再次通过词语的形式来到现场。比如："去河边散步／运气好时／会碰上一位像父亲的清洁工／划着船／在河面上捕捞垃圾／而不是鱼虾／／运气再好些／会遇见一只疾飞的翠鸟／记忆中／至少已有十年／没有见到身披蓝绿羽毛的翠鸟／仿佛一个熟悉的词／在字典里／突然被看见／／但近来运气每况愈下／平静的河面上／除去风／什么也没有／早晨的雾气消散得很快／父亲与翠鸟／被时光／永远拦在了一条河流的上游。"（《河流上游》）这些诗看起来是轻逸的，但是又具有小小的精神重力。"轻逸"风格的形成既来自一个诗人的世界观，又来自语言的重力、摩擦力、推进力所构成的话语策略，二者构成了米歇尔·福柯层面的"词与物"有效共振，以及卡尔维诺的"轻逸"和"重力"型的彼此校正。"世世代代的文学中可以说都存在着两种相互对立的倾向：一种倾向要把语言变成一种没有重量的东西，像云彩一样飘浮于各种东西之上，或者说像细微的尘埃，像磁场中向外辐射的磁力线；另一种倾向则要赋予语言以重量和厚度，使之与各种事物、物体或感觉一样具体。"（卡尔维诺：《美国讲稿》）它们是一个个细小的切口，是日常的所见、所闻、所感，是一个个与己有关又触类旁通的碎片，是日常情境和精神写实的互访与秘响。这些诗的沉思质地却一次次被擦亮。

认识熊曼转眼也好多年了。那时她还在武汉一个公园里的独栋小楼里当编辑,参加活动与人见面交流的时候几乎没有超过两句话。记得有一年我去扬州参加活动,熊曼在吃午饭的时候到了饭店,拉着一个不大不小的行李箱。我饭后下楼的时候,总觉得一个女孩子提着行李箱会让男人有些不自在,于是我帮她提着行李箱下楼,然后又一路拉回酒店。那时扬州正值春天,但那时的扬州已经不是唐宋时期的扬州。过度消耗的春天仍有杀伐之心,诗人必须有强大的心理准备,当然还必须具备当量足够的词语场,也许对于每一个诗人来说夜晚都是形而上的。"每天清晨我都要打开窗户",对于熊曼而言这既是日常的时刻,又是认知自我和精神辨认的时刻。诗人总是需要一个位置来看待日常中的我与精神世界的复杂而多变的关系。围绕着我们的可见之物更多的是感受和常识的部分,而不可见之物则继续承担了诗歌中的疑问和终极命题,"但我知道世界不仅仅/由看得见的事物构成/还有那看不见的/因此每天清晨我都要打开窗户/让那看不见的事物进来/环绕着我//仿佛这样才能安心/仿佛我是在等待着什么"(《无题》)。它们需要诗人的视线随之抬升或下降,也得以在此过程中认知个体存在的永远的局限和障碍,比如焦虑、孤独、恐惧、生死,"雨像一道栅栏/禁锢了我们向外部世界迈出的双足"(《初夏》)。在熊曼的诗中我们也常常遇到精神自我与日常家庭生活和社会景观叠加的各种镜像在一个人身上重组的过程,这是另一种社会教育,是不可避免的重复谈论的话题。任何一个写作者都会在诗中设置实有或虚拟的"深谈"对象,这是补偿甚至是救赎。情感、经验甚至超验体现在诗歌中实际上并无高下之别,关键在于它们传达的方式以及可能性,在于它们是否能够再次撬动或触发我们精神世界中的那些开关按钮。

康雪更为关注的是习焉不察的日常细节和场景所携带的特殊的精神信息。这些精神信息与其个体的感受、想象是时时生长在一起的。这是剪除了表象枝蔓之后的一种自然、原生、精简而又直取核心的话语方式。康雪的诗让我想到了"如其所是"和"如是我闻"。"如其所是"印证了"事物都完全建立在自己的形状上"(谢默斯·希尼),是目击的物体系及其本来面目,其更多诉诸视觉观瞻、襟怀,以及因人而异、因时而别的取景框。"如是我闻"则强化的是主体性的精神自审和现象学还原,是对话、辨认或自我盘诘之中的精神生活和知性载力。"最后一次在云南泸沽湖边的/小村子/看到一株向日葵,开出了/七八朵花/每一朵都有不同的表情//这是一种让我望尘莫及的能力/我从来没法,让一个孤零零的肉体/看起来很热闹。"(《特异功能》)确实,康雪的写作更接近"捕露者"的动作和内在动因。"在刚过去的清晨,我跪在地上/渴望再一次通过露珠/与另外的世界/取得联系/我想倾听到什么?"(《捕露者》)如露如电,如梦幻泡影。如此易逝的、脆弱的、短暂的时刻,只有在精敏而易感的诗人那里才能重新找回记忆的相框,而这一相框又以外物凝视和自我剖析的方式展现出来。康雪的诗中一直闪着斑驳的光影，有的事物在难得的光照中，更多的事物则在阴影里。这既是近乎残酷的时间法则，又是同样残酷的世相本身。"太阳对于穷人多么重要／在屋顶，我们能得到的更多／／并不会有很多这样的日子／可以什么都不做／一直坐在光照耀的地方——／／有三只羊在吃灌木上的叶子／我的女儿趴在栏杆边看得入迷／她后脑勺上的头发闪着光。"（《晴天在屋顶避难的人》）

林珊的诗歌不乏情感的自白和心理剖析的冲动，这代表了个体的不甘或白日梦般的愿景。而我更为看重的是那些更带有不可知的命运感和略带虚无的诗作，它们如同命运的芒刺或闪电本身的旁敲侧击，犹如永远不可能探问清楚而又令人恐慌和惊颤的精神渊薮。"父亲，空山寂寂，我是唯一／在黄昏的雨中／走向深山的人／为了遇见更多的雨，我走进更多的／漫无尽头的雨中／沿途的风声漫过来／啾啾的鸟鸣落下来／现在，拾级而上的天空，倾斜，浮动／枯黄的松针颤抖，翻转，坠入草丛／雾霭茫茫啊／万千雨水在易逝的寂静中破裂，聚集。"（《家书：雨中重访梅子山》）"父亲"代表的并不单是家族谱系的命运牵连，而是精神对话所需要的命运伙伴，就如林珊《最好的秋天》中反复现身的"鲁米先生"一样，他一次次让对方产生似真似幻而又无法破解的谜题，诚如无边无际的迷茫雨阵和寒冷中微微颤抖的事物。"雨"和"父亲"交织在一起让我想到的必然是当年博尔赫斯创作的《雨》，二者体现出互文的质素。"突然间黄昏变得明亮／因为此刻正有细雨在落下／或曾经落下／下雨无疑是在过去发生的一件事／／谁听见雨落下／谁就回想起那个时候幸福的命运／向他呈现了一朵叫作玫瑰的花／和它奇妙的鲜红的色彩／／这蒙住了窗玻璃的细雨／必将在被遗弃的郊外／在某个不复存在的庭院里洗亮／／架上的黑葡萄潮湿的暮色／带给我一个声音我渴望的声音／我的父亲回来了他没有死去。"这是迷津的一次次重临，诗歌再一次以疑问的方式面对时间和整个世界幽深的纹理和沟壑。猝然降临又倏忽永逝是时间的法则，也是命运的真相，而最终只能由诗人和词语一起来担当渐渐压下来的负荷。

我和李壮曾经是同事，日常相熟，他的评论和即兴发言都让人刮目相看，他一直在写诗我也是心知肚明。李壮还爱踢足球，但是因为我没有亲历，所以对他的球技倒是更为好奇。诗歌从来都不是"绝对真理"，而是类似于语言和精神的"结石"，它们于日常情境中撕开了一个时间的裂口，里面瞬息迸发出来的记忆和感受粒子硌疼了我们。在词语世界，我看到了一个严肃的李壮，纠结的李壮，无厘头的、戏谑的李壮，以及失眠、略带疲倦和偶尔分裂的李壮。"这个叫李壮的人／全裸着站在镜子里／我好像从来不曾认识过他。"（《这个叫李壮的人》）每一个人都是一个星球，也是一座孤岛。李壮的诗歌视界带来的是一个又一个或大或小、或具体或虚化的线头、空间和场所，它们印证了一个人的空间经验是如此碎片化而又转瞬即逝。这个时代的人们及其经验越来越相似而趋于同质化，诗歌则成为维护自我、差异的最后领地或飞地，这也是匆促、游荡、茫然的现代性面孔的心理舒缓和补偿机制。尤其当这一空间视野被放置在迷乱而莫名的社会景观当中的时候，诗人更容易被庞然大物所形成的幻觉遮蔽视线，这正需要诗人去拨开现实的雾障。速度史取代了以往固态的记忆史，而现实空间也正变得越来越魔幻和不可思议。在加速度运行的整体时间面前，诗人必须时刻留意身后以及周边的事物，如此他的精神视野才不致被加速度法强行割裂。凝视的时刻被彻底打破了，登高望远的传统已终止，代之而起的是一个个无比碎裂而又怪诞的时刻。《李壮坐在混凝土桥塔顶上》通过一个特殊的观察位置为我们揭开了一个无比戏剧化的城市密闭空间和怪异的具有巨大稀释效果的现代性景观。"古人沉淀于江底的声音在极短一瞬／被车流松开了离合／一只猫的梦里闪过马赛克花屏／／也必然是在这样的时刻，李壮／会坐到未完工的混凝土桥塔顶上／坐到断绝的水上和无梯的空中／／会朝我笑着打出一个响指／隔着39楼酒店房间的全密闭玻璃／我仍确信我听到了。"如果诗人对自我以及外物丧失了凝视的耐心，那么一切都将是模糊的、匆促的碎片和马赛克，一个诗人的精神襟怀和能见度也就根本无从谈及。所以，诗人的辨识能力和存疑精神尤为关键，这也就是里尔克所说的"球形经验"。"羞耻得像雪，就只应该降临在夜里／第二天当我推开门／已不能分辨其中任何一片被称作雪的事物／我

只能分辨这人世被盖住的 / 和盖不住的部分。因此雪也是没有的。"(《没有雪》)

高璨的诗,这是我第一次集中阅读。她的诗中一直有"梦幻"的成分,比如"月亮""星星""星空""梦"反复出现于她的诗中。但是更引起我注意的是那些通过物象和场景能够将精神视线予以抬升或下沉的部分,比如《河流的尽头》《静物》这样的诗。它们印证了诗人的凝视能力和微观视野,类似于"须弥纳于芥子"般的坛城或戴维·乔治·哈斯凯尔的"看不见的森林",这也验证了"词与物"的生成和有效的前提。器物性和时间以及命运如此复杂地绕结在一起。器物即历史,细节即象征,物象即过程。这让我想到的是1935年海德格尔在《艺术作品的本源》中对凡·高笔下农鞋的现象学还原。这是存在意识之下时间和记忆对物的凝视,这是精神能动的时刻,是生命和终极之物在器具上的呈现、还原和复活。"从鞋具磨损的内部那黑洞洞的敞口中,凝聚着劳动步履的艰辛。这硬邦邦、沉甸甸的破旧农鞋里,聚积着那寒风陡峭中迈动在一望无际的永远单调的田垄上的步履的坚韧和滞缓。鞋皮上沾着湿润而肥沃的泥土。暮色降临,这双鞋在田野小径上踽踽而行。在这鞋具里,回响着大地无声的召唤,显示着大地对成熟谷物的宁静馈赠,表征着大地在冬闲的荒芜田野里朦胧的冬眠。这器具浸透着对面包的稳靠性的无怨无艾的焦虑,以及那战胜了贫困的无言的喜悦,隐含着分娩阵痛时的哆嗦、死亡逼近时的战栗。这器具属于大地，它在农妇的世界里得到保存。正是由于这种保存的归属关系，器具本身才得以出现而得以自持。"当诗歌指向了终极之物和象征场景的时候，人与世界的关系就带有了时间性和象征性，"物"已不再是日常的物象，而是心象和终极问题的对应，具有了超时间的本质。"在今天，飞机和电话固然是与我们最切近的物了，但当我们意指终极之物时，我们却在想完全不同的东西。终极之物，那是死亡和审判。总的说来，物这个词语在这里是任何全然不是虚无的东西。根据这个意义，艺术作品也是一种物，只要它是某种存在者的话。"（海德格尔：《艺术作品的本源》）

  粗略地说了说我对这八位诗人粗疏的阅读印象，实际上我们对诗歌往往怀有苛刻而又宽容的矛盾态度。任何人所看到的世界都是有限的，而对不可见之物以及视而不见的类似于"房间中的大象"的庞然大物予以精神透视，这体现的正是诗人的精神能见度和求真意志。

  在行文即将结束的时候，我想到其中一位诗人所说的：

你决定停止
早就是这样：你看清的越来越多
写下的，越来越少

2021 年 5 月于北京

目录

第一辑　大花袄

003	女诗人
004	夏日午后读诺查丹玛斯
005	大花袄
007	蔷薇
009	垂钓
010	因此我不能……
012	我爱飞机，我爱船
014	中文系
016	彷徨奏
017	干杯啊友谊
018	27 岁俱乐部
020	餐桌上的象冢

022	眼看着绿植正在颓萎
023	陈情
025	深重
026	大马士革玫瑰
027	不朽
029	弹钢琴
031	我们的父辈
035	白露,独坐阳台
037	诗的梳子
039	给冬妮娅的信
041	一个陌生人的死亡
045	孤女
047	上帝之位
049	从侧面看她的鼻梁挺而拒绝

第二辑 灯塔

055	灯塔
057	渐次
058	访刘基故里
059	一个人去跳墩河

060	古巴
062	北京的春天
064	过丹噶尔，偶遇昌耀纪念馆
066	华北平原
067	去宝古图沙漠，途经怪柳林
069	苏格兰小镇
070	空岛蓝
071	温州杨梅
072	在滇池
073	通辽山地草原
074	傍晚乘车从文昌回海口
075	牙买加雷鬼
077	北大的秋色
078	那一天的光
080	伟大的南方
082	二〇一二年十二月二十一日，企沙
084	冬夜，Moon Dog
087	游德清新市古镇，见古代防火墙
088	大辛庄甲骨文秘史
091	乡村教堂
093	一个男人和他的倒影

097	在科尔沁蒙古包醒来
099	在柳州的一天
101	成都东站站台
103	什刹海
105	大罗山观云
107	锡绣
109	海滨故人
110	山坡
111	故乡
112	灵空山抒情

第三辑　朋克过山车

117	写伊尔库茨克的清晨
120	深海烛光鱼
121	惊蛰
122	要么，要么
124	小魔鬼
127	钝刀
129	我想起你时
130	急

132	你会不会也一个人走在冬夜大街上抽着烟
133	再写西贡
137	你自己都没发现的
138	十一月的某一天
139	去火星旅行
141	蔚蓝
143	一小块儿
145	绝望的时刻
146	一段路
148	轻风
150	局部小动物
153	林中雨
154	黎明
155	吉首：爱桥
157	只有你能改变我身上的大自然
158	哎哟妈妈
159	桃花潭平安夜
161	烟
163	阳光铺满窗前
164	小意思
166	远山

167	有一个晴朗的日子
169	街角踏雪
170	雏菊
172	雪夜永恒
174	立春
176	花园
177	朋克过山车

第一辑 | 大花袄

女诗人

她的同性们在为附加值努力加餐饭

时代教育人们

要争做竞赛的第一名,聊天室里的活动家

而她这一生,只想烹好一道小鲜

削去鱼皮,留下血肉

剔除血肉,留下骨头

减去"女"字,留下"诗人"

"人"也退后

只留下"诗"

2018-11-11 北京

夏日午后读诺查丹玛斯

隐喻放之四海而皆准

但对于星辰,上帝只准备了唯一的酒杯

千万别指望预见就能抵挡

哪一次大灾难,不是借着宏伟的描写

才使枯玫瑰错彩镂金

我一寒战,回视窗外树叶,正向高原阳光

施加倾城绿意

这个宁静的午后

刚复活的宫殿,被盲视的幽灵挤满

知识分子在CT室照脊椎

布衣在尘世的幸福中自寻烦恼

匹夫在纸上谈兴亡

2018-4-27 陕西西安

大花袄

谅你神通广大，还能耍什么指法

欲念的燕尾卷过所有的楼兰

该毁的毁，该塌的塌

该开花结果的浑身激灵，再忸怩两下

照样从土里挣出来

哭也是活，笑也是活

你又哭又笑，死活都是活

猴戏够没？快来看这件海外仙山大花袄

无领无袖，无身无形，简直为你量身定制

你胳膊肘一抬，腰肢儿一转

动哪哪舒展

哎呀，血管发满了电直追长江黄河

筋骨酥晕在新装里

福禄寿喜文武双全这下子美飞啦

羽扇纶巾乱红滔天

宿醉后白眼胜过大青天

从此它金缕玉衣，算个什么玩意儿

你坐拥摩天大厦顶级看台

闲来无事,一缕清风拨两棍子筚篥

嗨,你可别说,这天气随便骚动一下便是青春

这浮世光

这敞亮劲儿,这大花袄子

2018-5-10 北京

蔷薇

那时,她还没立志做一名古都潮女,
戴 CHANEL 墨镜,蹬小羊皮猫跟鞋,
所到之处尽镀 YSL 黑鸦片香。
那时,土地只会素面朝天,
花是花,刺是刺,香是自己的香。
她一出生,就与万物是好邻居,
向它们学习与风缱绻,
分享暮色中微粉的眩晕。
那时她以为时间,会对初夏的浆果网开一面;
而黄金海岸,一步步走,总会在眼前。

现在,江山平添浩荡,
远方,也不甘示弱地浮现出
潜能里的浑浊;
唯有宇宙,依旧在唱疏离的歌。
她呢,正把滴着浓艳的怒放投注到

已崩解为负值的沉默里。

呵,该换新旗袍啦,又是一年无用春。

　　　　　2018-4-26 陕西西安

垂钓

星汉已随大江东归去。
羞耻的证词,是每个人脸上
隐蔽的刺青。
还有什么,配得上暮色中的白雪?
悟道者跪在玫瑰堂清理忧伤,
草莽将残余的血性按进王者荣耀。
天下事一时翻覆,一时空寂,
尖锐永远只停留在事物的初恋里。

一切不可证伪也难以求真:
青春期,铜徽章,百叶窗剪开光条处,
他慌乱而温湿的嘴唇……
闲棋开裂处,枝蔓叠叠生,
我将毕生才华凝入鱼饵,
独坐沙丘垂钓。

2018-8-17 内蒙古通辽

因此我不能……

我在博物馆见过一张床，
远远地，我以为那是一口从外星球运来的飞箱，
它经历了漫长的旅行，仍旖旎着彗星的尾光。
从它身上，我辨认出幼时的夏夜，
也嗅出崭新的佳酿。
在一次次慌乱中跳着降落伞啊，
它保留下材质却反刍了梦。
梦里，茜纱罗削出胭脂片片，
绮窗外雨落芭蕉叶。
在这些消失的翩跹面前，
爱或者欲，皆不再高级。
唯一的现实：它已获得相对的不朽。
唉，这张床——这张只对我
文字的肉身显现的中国床，
早慧，混沌，悲哀又辽阔，
你叫它颠鸾倒凤，醉生梦死，
都不重要。
重要的是，它大于所有的海，刀印，以及厌倦，

只用造型便终极了对内容的讲述。

凝望它空空的锦囊，我知道我一生的孔雀，
不过是美和无用；
我和我的诗，不过是要
锻铸成一道秘密的形式。
而这张床之外，一切全是你的，
因此我不能同你
在任何一座城市的广场上喂鸽子。

2019-12-5 北京

第一辑　大花袄

我爱飞机,我爱船

我爱飞机,我爱船

我爱镶在远方帽檐上的每一粒水钻

我爱你故乡的木瓜树

生气时皱起来的粗眉毛

爱亚马孙部落永不重复的文面

还爱暮晚的手鼓声

它们用清贫的节日送走又一个白天

我爱手枪黑色的皮衣

更爱它体内含着泪水永久罢工的子弹

爱总在烧烤摊记账喝酒的吉他手

更准确地说,是爱他那双对琴弦满怀情意的手

现在,我开始爱不可调和的侧面

爱参差不齐的痛苦

爱我们身上消失的往者,合法的情人,潜在的叛徒

我热爱这一切,不只是为了活下去

我知道,真正的幸福极其缺乏深度

它扁平的通道，会打消我复杂的迟疑

我的热爱，与幸福所褒奖的一切

对立

我爱飞机，我爱船

我爱每一段行程，不可到达的彼岸

我爱它们给我的欲念，给我的炫目和高傲里

深埋的冷清

我爱的这些，都没有价钱

和这首诗一样，对这尘世而言

也无关紧要

2017-8-28 陕西西安

中文系

二〇〇九年,我们在大学里
听老梁上一门叫"鲁迅研究"的课
每一次,阶梯教室挤得插不进针
不同专业的学生提着塑料凳来旁听
有时我们提前半小时到
也只能站在门口,趴在窗外
懊恼别人又抢了中文系的座位

老梁把"为人民服务"的帆布包搁在讲台上
"唤醒铁屋子里的人!"
"不要高估自己的高尚。十年后
你们中的大部分人,会变得和那些混蛋一样。"
我们有很多想说的
不再害怕,说出来会被人笑话
生平第一次,握住笔的手竟然颤抖
不安的心充满青铜的肃穆……
阳光在盛夏的微凉里流走
老梁留下三个字

第一辑　大花袄

"记住他。"

只有亲身经历过中文系的人才明白
我怀念十年前的自己，不只是因为眷恋青春
也只有在中文系真正成长过的人才理解
为何我听到鲁迅的名字，看到他的相片
就羞愧得想逃——
十年了，鲁迅先生！
如果您出现在我跟前
我会掩面哭出所有的委屈！
我委屈，因为我是中文系的千金
更是它的流浪儿
如今，我身上仅存的一点光
还在不停地与黑夜谈判，让渡着它贫穷的主权

2019-1-31　陕西西安

彷徨奏

恭喜！在我的黄金时代
我迎头撞上的，是猝不及防的冰川纪
瞧，沉默的山河一如既往
如含饴糖，将万物之命门抵在
牙床和舌尖中间
小隐隐于尘埃，大隐无处隐
我的虎爪在琴键上砸着凌乱的空音

2017-10-6 陕西西安

干杯啊友谊

布拉格百废待兴。滚石为哈维尔的办公府邸
安装了整套照明系统。
就像男孩得到了心爱的玩具,
哈维尔顽皮地拨弄着吊灯遥控器,
没想到竟有如此高级又轻松的东西,
差点就比滚石还有趣。

在滚石看来,哈维尔也是最有趣的总统,没有
之一。
喜欢摇滚的作家至少不会是坏总统,
何况哈维尔热爱的,是全世界最伟大的乐队。
读到此处,我的目光久久不愿从纸页上挪去。
这真是个静寂的读书夜,
唯一的现实,就是印刷体的文字,
什么灯光呀,鼓声呀,
都是他们的,都遥不可及。

2019-10-25 北京

27 岁俱乐部[①]

比死更可怕的

是这条射线——

它的永恒,它的不知疲倦,会给你带来

致命的无聊

呼,使小坏的造物者,并不计划将你

轻易终结

他布下灿烂星汉;你,作为尘土

领受尘土的命

庸人的烦恼比你猜想的

提前来临。准确地说,它是预料之外

一枚甜酥的鱼雷

它略施恶趣味的特权,就褪下你清脆的糖衣

你抽 ESSE,调试琴弦,在空走廊走来走去

鼓起意志的信封,装下香吻,正能量,隐秘山河

却从没看见过,居住在

自己身上的往者和来者

这样的图景与你的抗争相互拉扯，上演诙谐剧

太虚幻境欢迎你，加州旅馆欢迎你

百合花欢迎你，幸福之家欢迎你

只有 27 岁俱乐部，向你关上门

在那里，天才们摔坏的吉他[②]堆成小山

他们嘶吼的时候，看上去和你

没什么区别

2017-1-15 北京

[①] "27 岁俱乐部"，又称"永远的 27 俱乐部"，由一些伟大的摇滚与蓝调音乐家组成，他们去世时均为 27 岁。目前这一阵容成员有布莱恩·琼斯（Brian Jones）、吉米·亨德里克斯（Jimi Hendrix）、珍妮丝·贾普林（Janis Joplin）、吉姆·莫里森（Jim Morrison）、科特·柯本（Kurt Cobain）、艾米·怀恩豪斯（Amy Winehouse）等。

[②] 摔吉他，是摇滚乐队常见的一种演出方式。

餐桌上的象冢

只是那么一下,明晃晃的刀,
插准山羊的心脏。
吊在树上的狗,被割开伤口放血,
哀号声与黄昏一同渐隐。
还有杨昭家那只乖巧的老猫,
临死前,身子轰然曲成一张弓,
装不下的疼痛,妄想顶出皮囊去迎求神灵。

饭桌上,兄弟们的讲述,
无异于最反动的下酒菜。其实多年前,
我也曾在蚕豆街的某个屠宰场,
看一头流泪的牛,如何被放倒,割脖,剥皮。
第二天,它四分五裂的身体上了台面,
佐证我们在人世,
微小的成功或快乐。

唯一幸运的,是我六岁的夏天,
那头离群出走的大象。

它离开云南丰茂的雨林,通向更大的自在。
从此我心里就走着坚韧而忧郁的象群。
偏巧,杨昭和影白又谈起《楢山节考》,
翻越过白骨山丘,所有消失的大象,
离我越来越近。
夏夜风从窗外吹来,在满桌佳肴间普及肉香,
一双无形的手掐住我喉咙,
无用的绝望我无法说出口。

      2016-8-24 云南昭通

眼看着绿植正在颓萎

离开了热带老家，再多的
蓬勃、激情与天才般的水分，都敌不过
北方暖气房的糖衣炮弹。
谁说的，人不能比植物坚强，尤其是当他
已修炼出乱石后的笃定。

这场小面积灾难有我的责任，
我过于相信它们的求生能力，却一再
忽略墙角的日常。
我承认，我在忘记浇水的同时，
正在被别的什么所诱惑……

2018-12-22 北京

陈情

写下这句诗
我在幽暗之中
郁金香浓艳的头对准紧闭的窗口

说好的,要不动声色,要拿捏得体
把我的二十岁,魔鬼训练成繁花散尽的八十岁

我还能不能任性
能不能,把脚趾埋进沙滩
赖在历险记的第一页,等待
将载我走的海盗船

不是所有的美都具备非凡的意义
我金贵,所以寂寞
在我蜷起的手指间,歌唱和死亡拼了命外溢
仿佛贺兰山岩画,我相信那儿的石缝中
储满了天空难以消化的十字星

我想让一个圆配得上称为圆

更想劈开它，使自己沉迷在

伟大的梦里。大风吹，我就开阔，我就四面八方

我也想去彼岸的木房子烧火煮咖啡

但写完以上句子时，雾霾还拽着大街的腿

哎，腊八天。小雪花，小雪人，小我

小我踯躅在针尖上

道在太初，道或妖，仙或圣

我只有唯一的选择

别忘了，你的强大也会大雪纷飞

2017-1-5 北京

深重

神也不会放眼,
这静默的困顿。
我站在寒冬空无的腹腔内,
大风,像一块出浴的橡皮,
把天空抬得更高。

一种力量从未停止吟唱,它来自
让我望眼欲穿的永恒。
然而今天,陷身于反复着的幽闭段落里,
我该用什么,
回应那份持续进入我的深重?

2017-1-29 河北阜平

大马士革玫瑰

愿那一天，世上再没有敌人
暖风吹散了阴霾，阳光下绿萝健美
人们打开紧闭的家门
扫净四围的融雪，对邻舍微笑
他们安慰彼此
分享新生婴儿的信息
当锦霞在初春的第一席街心酒上铺开
燕子飞回故里
有个声音说："宴饮吧！"
天堂已降临人间，每个人都将获得
天使的权利

愿那一天，整个城邦种满了
大马士革玫瑰
愿玫瑰是真实的，不必再隐喻和改写
愿它们在我们的掌纹和基因里
蒸蔚着无尽的馥郁

2018-10-30 北京

不朽

海市蜃楼掀起的时尚刚刚过去,帝国的城邦,
便在满目废墟中春笋般拔起。
你脱下麂皮战靴,穿上荷叶袖蕾丝裙,
回到重建中的家园,用颤抖的手指
触摸它镏金的轮廓。
你身后,彩色的
热气球一朵一朵飞翔,所有的方向,
走到最后都是方向。
你已经清楚——

日日困扰你的死,
在时间面前,只是一个伪命题。
你用山茶花装饰孤独,将孤独,
邀请为命运的座上宾。
现在,还有什么担心的呢?
你,百花之王,即使衣衫褴褛,也必会
体面地应对——
断章、残篇、诡谲的修辞,

和最高级的空白。

天下从容归属于你。
就像今夜,大雪纷飞,
何妨喝一杯热牛奶再去安睡?
梦里,你化身为一只黑天鹅,
回到晴空之前,
你带着腿伤,昂颈走过蒺藜。

2016-11-23 陕西西安

弹钢琴

桂林街二楼的木窗旁

一株探头探脑的紫荆花,是我

唯一的听众

狭小的练琴室,我坐着孤筏漂到南极

盛夏的冰川,一点点沉入海水

反复练习的切分音里,有什么

正分割着神秘。仙女与撒旦

在高低的黑白阶梯上,轻盈斡旋

我看见自己的手指,修长,灵巧,在极光下

长出蓝色翅膀,驮起钢琴家的梦

乐曲在滑翔,野心随之波动

或缓或急,或轻或重

如今,厚厚的五线谱

在书柜底沉睡不醒。那许多

曾打了个照面的生活,不再与我有关

站在酒店大厅的三角钢琴旁

我只是恍惚地想起

大多数不甘：梦、祈祷、南国的风

还有我和你

注定横跨不了十度的指距

2016-9-14 云南昭通

我们的父辈

他们瘦弱的童年,地道战游戏和纸飞机,
是最寻常的消遣。对甜的畅想抽着一双双竹竿腿,
在没有南瓜车的马路上狂奔。
一不小心,就闯进春雷炸裂的亥夜,
拨开收音机的靡靡雨帘,听到了漂亮姐姐邓丽君。
那一夜,他们有了另外的梦,
披着梦的战衣,对高考考场拱手道:"久违了,
兄弟。"
不待揉搓睡眼,糊涂小儿已变成
令老年人厌、同龄人爱的喇叭裤精英;
迅速学会了用电影票恋爱,
对街头诗歌、摇滚乐和寻根热发表高见。
改革开放带来迷狂的转动:
海鸥手表,凤凰自行车,令人骨骼昏颤的伟大
浪潮。
从连环画少年到"三高"中年,
他们搭上了一艘史无前例的宇宙飞船。
速度,是虚无的最佳温床,

他们开始怀疑意义、道德、爱情,在心里
先后放下了李铁梅、林道静、丽达·乌斯季诺维奇。
然而对崇高的记忆,总能点燃他们气喘吁吁的理
想主义,
再一次,我们接受忆苦思甜的鲤庭,
在他们内心的伊甸园,那个相对论的苹果失而复得。

我们在一片挺进的蓝天下长大。
父亲们小时候不曾坐拥的玩具,堆满我们的婴
儿房。
生日蛋糕,少儿英语,反客为主的互联网,
构成了我们的成长。但很长一段时间,
小心翼翼变老的父亲,是我们叛逆的青春期
最主要的斗争对象。
透过蛤蟆镜看到的世界,与 VR 影像隔着
星系的距离;他们的丹顶鹤难以自洽地飞行,
他们不自觉地掩藏的妥协,更是掀起我们
蓝鲸的志气,或逃跑的决心。

这些在我们蝶变的身高中不断矮下去的男人，
宛如一个个能说明含义却总有哪儿不对劲的
病句；像二十世纪最冒进的程序，
布满漏洞和补丁。
这种困惑一直伴随我，直到现在，
对他们的理解才姗姗来迟，而他们已学会
用孤独的仪式迎接任性的晚年
——我们的父亲！其实你们并不曾真正反对
我们的反对，也未曾轻易赞许
我们的赞许！
挪开时代的反光板，
我们也并未如自身所虚构的——
对迎面卷来的气旋做好了充分的准备。
徘徊在二〇二〇年的悬崖边，我们目送着你们
一点点变回六岁的孩子，返回那座
渴望了半个世纪的糖果密林。
在我们脚下几千里，下一代正在破土，

很快,他们就会以加速度垂直攀升,

而父亲留给我们的领地只剩一条曲径。

2020-9-2 陕西西安

白露，独坐阳台

推开落地玻璃门，将阳台献祭给
白露，和它背靠的夜晚。整个长安城虚肿的
灯火，向你扑来。你并不倒退，
这病痛的浮华外，你属于另一种
永恒的黑。

风拂灭烟头，那团黑覆盖你。你还是
无法深入它的内部，打破
它的细胞壁。这世上，绝大多数光明，
你不能理解；
它们不一定比你伟大，但一定比你有力。
你想到故乡昭通，在北门墙根下算命的瞎老人，
她空洞的眼睛盯着你，也盯着你身后的
乌瓦、白鸽、谁越逼越近的脚步。
你想到朋友替你看手相，
香辣蟹刚上桌，你抿完一口红酒，
摊开手掌，曲线们飞速奔跑，遮掩起
命运的表情。

你想到《红楼梦》，那些你爱的人儿，
最终穿上粗布，埋头扫寺中落雪。
你想摇着他们的肩膀，问：
究竟怎样，才能克服记忆、繁花
及廉价的深刻？

你想到这个阳台，若往前跃出一步，
将终结令人羞耻的巷战，
把绝望过渡给亲人。
但你仍然一动不动，坐着，迎着冷风，继续回忆
五岁那年，你趴在祖父家长凳上学唐诗，
得知死去的古人不会再回来，
你就一边背诵李白，一边放声大哭。
二十多年过去了，你的皮囊一直在变，
困扰着你的，还是当年的问题。

2016-9-30 陕西西安

诗的梳子

你坐在屋里写一首诗
"诗,把百叶窗的暗影
分成一条一条的那种梳子。"

敲下这些字时,这首诗已经失败了

如同你失手打碎的迪奥粉饼
忘记放进冰箱的苦瓜

它宣告了无法自我生长
它只是一个婴儿,本能地
不带负罪感,向一步裙的 OL[①]母亲尽情索取
为了它,你咯血的付出仅仅是基本伦理

它也不能修复裂痕,双手赞成伟大的完整
在分岔的崖口
它让事物直面眼前的深渊
它乐于制造现实和思想的双重断层

你还可以继续挖掘它的无耻、不义、自私、
狡黠……
控诉它让多少人溺失于
追求高于他们才华的生活

但你收起了梳子，不想再挠这首诗的白头了
当批判也在流水线上被批量生产时
这个世界不再需要一首诗

你决定停止
早就是这样：你看清的越来越多
写下的，越来越少

2018-9-10 北京

① OL，Office Lady，职场白领。

给冬妮娅的信

现在想起你,还不算晚吧。
虽然我逝去的青春,
已为一种透明的燃烧献身。
我曾坚信世界的奥义就藏在白桦林,
每当红尾巴的狐狸跑过,
便毫不迟疑,用皲裂的手扣动扳机。

那时,在插满蕾丝花束的屋里,
炉火照亮你落雪的脸庞。
黄昏的窗前你饱读毫无用处的诗,
恰如几年后造访的婴儿:
因为无辜,只剩原罪。
爱情凋谢的地方,现实才肯发芽;
你宴请已知的叙述,把海锁进橱柜。
出于本能和教育的双重喂养,
你从不与怀疑一同生活;
服从当下,是你朴素的宿命。

而我要经过无声的灾难方能靠近你,

它那么大，吞吃掉一切语言，
狡猾得让每个人都失去具体的敌人。
这不是战争，但人们都受了伤，
接受失败成为人类共同的命运。
冬妮娅，直到此时我才回首你胸膛的火苗，
体谅缤纷又自私的柔情。
你是多么轻盈，甚至从不知道，只有梦可以拯救
失重的感觉。

我想趁梨花浩荡赶到你身旁，
给你拥抱，和你依偎。
亲爱的小姐，我鹅黄色的姐妹，
春风正摇落满树芬芳，天空的空目还噙满光。
你并没有说出永恒，而我
几乎快要陷入不曾妥协过的美，
在虚构与虚无之间，
我们被捆绑的舞蹈啊……

2020-3-22 云南昭通

一个陌生人的死亡

"我姑妈,死于肺癌。"
学生刚走,空荡荡的音乐教室里,阿穆对我说,
"就在上周。我们刚忙完她的葬礼。"

我在乱弹琴。这是早上十点,
按照惯例,午后才会放晴。
"去年做过手术,医生说,
化疗后,坚持服药,
基本可以治愈。"

"那为什么还会死?"我问。
我想弹布鲁斯,可这把吉他大了一些。

"她放弃了服药。
药物让她很痛苦,
每天都会呕吐。"
嗯,分娩的痛感是八级,晚期癌症却有十二级。
换了我,八成也会妥协。

"上个月,她在家栽倒。
送医院,吸氧气没反应。
医生割开她的气管,
把氧气管插了进去。
舌头,拉出来,长长地绑在
脖子后面。"

喔,绑着的舌头……
死亡像一根强韧的皮筋,会把人越勒越紧。
我突然觉得,此时我没有能力
弹一首完整的曲子。

"只要断掉氧气,她会很快死去。
可她的儿子舍不得母亲,
请求医生继续。
她在昏迷中,断断续续喘气,
眼珠,时凹时凸,
与顶不破的黑暗,绝望地激战。"

我抱着琴不放,

它在我前面,为我抵挡

迎面袭来的寒气。

"清晨五点,她突然噎了一声,

心率仪上,数字飙到一百二,

立马就下降了:

一百,

八十,

六十,

四十,

二十,

零。"

阳光刺透了窗玻璃。我的手指,

在琴弦上快速划过。

六根弦,伴着六个数字,

零,噢,吉他的一弦真细。

"她死了,"

阿穆轻轻说,

"她是被痛死的。"

我以为,

琴弦会在这

猝不及防的指力中,

折断。

其实,

它们只是通过共鸣箱,

发出一阵沉闷的回响。

2014-9-22 初稿于云南昭通

2014-9-30 修改于陕西西安

孤女

我已心有所属,
但我不说。说了,你们也不会懂。

懂了,也没人相信,
包括我。

凌晨时分,我站在镜子前看自己,
怎么看都像个妖精——
她嘴唇鲜红,饱满、陌生又邪气。
我手指一抖:她会不会冲出我的身体,吃了我?
那个真实的我,
真的强大过
教化的我?

我穿上一件件美丽的衣服。
我脱下一件件美丽的衣服。
一如爱情进进出出。
最后都是荒芜,

诞生即荒芜。

狮子不会陪我到地老天荒,
它要去草原上做王。
我在海边建造木屋,四面漏风,烟花绚烂。

我带着罪来到世界,
又原模原样地离开。
至死不愿承认:
挂了一生的十字架,
上面钉着的人是自己。

我团团乱转
我团团乱转
我主啊!……

2016-11-3 北京

上帝之位

海水倾覆起来,她接近窒息,接近
蓄满了力却一触即发的空虚
她想抓住他的头发,他的手,但也悲哀地明白
缠绕在她指间的,不过是他同样的迷失
同样
无可救药的凋零

她看着天花板。从心里映射出的黑点
侵占房间,聚拢,密集
与暗下去的黄昏,争夺光影的主导权
这样的时刻,已成为她生命中
无处不在的副本

在下午六点的地铁站人潮中
在挣透层层云雾的飞机上
在咖啡厅,男人隔着书架投来的目光里
在化妆镜前,自己华丽的茧内……

但她仍给上帝留了一把椅子

上面落满了灰,她未敢靠近

有时她猛然一惊,椅子在光里明暗

上帝从没来坐过,她并不担心

她害怕的是某一天睁开眼睛

原本摆放椅子的地方,已开遍永不凋谢的蔷薇

2016-9-14 云南昭通

从侧面看她的鼻梁挺而拒绝

它无法从正面形构自身

只有在侧面，漫漶的散点才聚集为

一条清晰的海岸线

嗯，那种常见的

你大学同学故乡渔村里的无名沙滩

并不惊艳，也与精致沾不上边

然而存在

如同你我的存在

背阴，锯齿状，不完整，无意义，但仍然存在

和另外七十亿人一道

消耗着地球上有限的资源

消耗雪山、电、生气的和不生气的植物

我们吞噬它们

刘海吞噬额头

PM2.5 吞噬她的鼻梁静止

哦，这段线条与她的开司米秋衫

构成直与曲的对位

与首都机场精确到小数点后 X 位的飞机跑道对位

与三里屯打CK领带、喝星巴克

幻想办公室恋情的极简主义玻璃屋对位

短与长，小与大，无理与隐忍

它们携手发展出局部的对位，整体的共存

权威鉴定：以上叙述有滑向狂欢的病变征兆

（因为你知道狂欢常常会掏空火龙果，留下虚无的热带）

（所以）请自行规避风险

那么，先试试在她的鼻梁上筑一道城墙？

砖头的堆放，可以更密实一些

注意别让缝隙逃进她的竹篮

在那里演讲，割据，单腿立成一只鹤

这丹青之鹤，影像之鹤

脚掌是流行的梨红色

羽毛，有着你在别处绝对看不到的洁白

罢了罢了，作为一种特殊线段

鼻梁最大的美德就是不拉伸

不从头长到脚

不忘初心，符合规则

规则？谁定的规则？

暮光正穿过公路两旁灰不溜丢的绿化树

从她身上疾扫而过

风里的树叶，还来不及制造出

广东口音、山西口音、云南口音、河北口音的

沙沙声

思想的快轨即将进站，我必须负责任地告诉你

事实上，除了鼻梁，除了这段

终会被时代发达的平面所溶蚀的拒绝

我无从知晓她

更多的信息

甚至看不到一张完整的脸

更不用说维密内衣，水蜜桃臀，Me too①

她皮下的抗衰老玻尿酸，包里的中英文表格

但我能确定：她顺从了不同的时空

将她折叠成的不同形式。我们也一样——

你不用诧异——

就是这么快,车门还未打开

她已成为时髦速度的有机组成部分

2018-9-19 北京

① Me too,"我也是"的意思。

第二辑 | 灯塔

灯塔

这艘白色的，从海口秀英港
开往广东海安的轮船，装下了你
辉煌的星空。你独自凭栏而依，呼吸南海上
腥咸的风。这些年，云南，广西，海南……
你离家越来越远，这种味道，也由陌生
渐渐变亲近，像你体内的亲人。

海浪轻摇，莫测的讯号将你打开，
你迎接这无私的馈赠。你明白，有些东西
远远高于岸上
令人心安的花花世界。因为岸，
并不是尽头。
这一路，你要靠着若有若无的光，选择信任，
选择归属，并依然赞美
宽阔的风险。

你可以往任何地方去。

在深海里,你看见一个蔚蓝的宇宙。

2016-11-26 陕西西安

渐次

站在藏经阁围栏边

安福寺的一角房檐正翘指拈起黄昏

它前面几树繁花自顾潋滟

再往前是屋舍铺开

再往前是院落以旷寂对话世界

那院中有隐约风铃声向我拨来

它携手白鸽之缓步，风中之尘埃

于稳健深处发一声空响

当这一切的善意临到围栏外

我扣手直立，体内执念如春色堆积

2017-5-7 北京

访刘基故里

刘伯温早就预知到
六百多年后的今天
我站在这里,昂起头
迎向大厅内汹涌的暗光

他知道我的彩霞注定要诡谲地翻腾
晚钟不断消逝
我远离帝国的群鸦和它们
新染的毛色

他也知道我终将走近文字的秘密
尽管我已不再轻易为永恒泪涌
任它在我骨骼中栽花,扫雪
做一位寻常老邻居
身为读书人
我有底气在时光里慢慢变老

2017-5-7 北京

一个人去跳墩河

我们走着走着就散了
各自,纠结于各自的坡度、深坑和进退
比大山包更大的白雾,替我们掩藏
各自的失败与迷茫

我从山顶下来,朝跳墩河走去。一路上
黑斑石压着红土地,红土地按不住流水
我走一步,雨就大一些
再走一步,栈道边的野花就更热烈一些

越走人越少,越走越孤单
我知道,这才是我将用尽一生
去解决的重大难题
而大多数时候,我们却只能
对此进行无用的修辞

2016-9-12 云南昭通

古巴

哈瓦那的海风,总在这般
突然的寂静里,与暮色牵手,
游荡至街角。
二楼窗前,我叼着父亲的雪茄。
围护我的墙壁,与一百遍《Chan Chan》促膝,
共享一小点凉意。

下一秒就晚了。我要
穿上红色吊带衫去找你,
给你白日梦和一支伤感的舞曲。
月华轻轻捻开,你的旧钢琴走在非洲大草原上,
喔,黑白相间的斑马。

火焰的中心,我轻颤着聚集自己。
你把我的光芒脱了一地,
在爱与灼伤间,拥抱我荒废的城堡。
风暴呀,旋涡呀,遥远的
赤道比基尼,海平线鼓点,被煮沸的冰川都

成了浪……

而孤独发生在
我的绣花裙摆旁。
我半边脸的胭脂，辉映
想象中的棕榈林。很快，火车会把一切，
包括我，
送向你缺席的黑夜。

2016-6-18 北京

第二辑　灯塔

北京的春天

被严冬紧捂口鼻的婴儿,
终于犟过头,舒了一口气。
春天,从北京城的耳垂、指尖、腰,
从它初醒的脚踝上生出枝叶。
该青的青,该香的香;
该嫩的拉住风的衣带,任性地打秋千。
杨絮写下第一首自由的诗,
樱花把寺院红墙当镜子,
蘸上春光涂胭脂——
从车窗内往外看,
她一晃而过的侧影是一支
媚得惊心动魄的琴弓,
此刻我心口的弦恰好微微一颤。

多么久违:天空,福祉,尘世的匕首。
多么永恒:绚烂中的悲,深海里的静。
因为短暂,北京的春天才倍显珍贵:

这些魔幻的生长将魔幻地消失,

这些丰富的层次,会很快被削平。

2018-4-11 北京

第二辑 灯塔

过丹噶尔,偶遇昌耀纪念馆

这是最后的城,荒原的开端。时间
在这里发出小号的尾声
汉语在这里走到终点

我也走着,通向
一个久别的原点。仿佛走回到
旧日的小学,墙上的招贴画斑驳而顽强
墙根处,野花从未枯萎。涓滴
潺潺从北冰洋传来,随潮涨又湮没于潮
该走的人早走了,戏楼铺着寂静的灰
黄金的诗句和锋利的标语仍在
同一空间共存

走到他面前停下,我指尖一凉,感觉到
那个孤独的灵魂消耗了太多的沉默抵消永恒
他曾经绝望,也曾在空气中牧养
不可能的白羊
而现在,雨落下来,针尖无穷尽

被针尖一点点扎着的大地无穷尽

天空无穷尽

我的四面八方无穷尽

所有的无穷尽中

只有短暂的事物闪烁着微光

2018-10-29 北京

华北平原

夕阳撒开一把又一把金灰
还是没法美化
这片土地的空茫与枯寂

我已离故乡太远
为什么平原
缺乏高山和大海的性格

但我不能回到故乡
回去了,和那里的故人们
也未必会相认

站在华北平原上,人就变得很小
人的孤独就一览无遗

2017-2-28 北京

去宝古图沙漠,途经怪柳林

柳枝回到树顶,

忧郁的羊回到粉水晶。

我回到葡萄籽,重访更新自己的酒,

我称它为宝血。

何其艰难!

能够回返的,只是世界微小的末梢;

更多的事物一去,就不预设回。

你看,我们的旅程从不反复,

你的丝巾被风吹动的形状,每一秒都不同。

还有柳林里这匹我追不上的

生气的小马——

它甚至不愿稍加停顿,

让我用百合的清露,轻拭它银灰色的眼睫。

人生的射线最清楚:回,是最大的恩典。

但光针也从不回到太阳的暗箱,

也没有人关心，

它们最后去了哪里。

2018-8-25 北京

苏格兰小镇

雨后，万物蒙上露珠

乌鸦向低空飞散——一朵骤然打开的野蘑菇

格纹裙男子举着顶部发亮的雪糕走过街头

公交站空着，来路和去向在停顿中相互抵消

有人眼看这一方世界

暮色苍愁正在平行时间里与二十一世纪反向滑动

2020-9-7 陕西西安

空岛蓝
——致懒懒、羽微微

真正的辽阔，会孕育出

合身的富余

海平线上，两名蓝少女踩着纸天鹅的锁骨走来

夏天，在她们的帆布鞋面圈出光斑

从更南的地方寄来的精灵

栖居在她们眼里

黄昏懒懒，染得车厘子暮色微微

我说，有一种蓝叫空岛蓝

只有它能形容崇明岛的相遇

2017-6-5 北京

温州杨梅

暂且吧，暂且，身体和思想缩成圆。
多余的丘陵，缩成春季时尚首秀中
鸡尾酒的水泡。
山野沉寂，
新的形体翻滚，借魔女的胭脂刷，
为浅薄众生，普度深沉的颜色。

看，我们所期待的浆汁，
正在叶的掩映下颤抖。
它知晓越靠近阳光，付出的代价
就越难以估算。
但走向成熟，是这盘大棋中唯一的大道。
正因如此，我爱杨梅不可复制的甜，
更让我欲罢不能的，
是它秘密的夹层里，
坚持挺立的酸。

2018-7-22 初稿于山西太原
2018-7-24 修改于北京

在滇池

一些际遇正在此刻溜走
我只是仓皇地嗅着你领口的洗衣液香随夜风如
轻歌般弥散
我只是静静地听着你给我的琴弦在湖光上爆出
青铜的断响

2019-8-17 陕西西安

通辽山地草原

那首诗即将饱和了,总还有一孔涌不出;
那首诗永远触碰不到,只能无限趋近。
在它浆果色的核心,
马背的线条,拉动着地平线的节律;
在它难以丈量的边际,
光分解为最小粒的珍珠,
用稳而亲切的力,在狗尾巴草尖停驻。
我想说的不只这些,
还有山地草原向天空捞来的斜片,
坐在斜片上,
缀满蒺藜的心,被暮色照射出
翡翠般的净化与甘饴。
我还可以继续这样说下去,
一切皆可形容,但草原无法复制,
就像那首诗,它保留的部分,
正是我们自身,
没有入口只有回声的陌生禁区。

2018-8-24 北京

傍晚乘车从文昌回海口

桉树提着绉纱裤管走出剧场
坐在东海岸的锁骨上
《燕尾蝶》与树林的光条平行闪耀
固力果的情歌与明暗贴面
如果让视线持续北眺，过琼州海峡
就会看到雷州半岛的鬓影华灯
但那边与我何干呢
整个大陆，不过是小灵魂的茫茫异乡
此时我体内，太平洋的汐流正在为暮色扩充体量
海口依然遥远，我的船快要来了
水手们神色微倦，空酒瓶在船舱里玎珰
擦拭过天空的帆是半旧的
甲板上堆满紫玫瑰色的光

2019-1-30 陕西西安

牙买加雷鬼

弹力背心裙,低胸的,我套上了!
手工羊毛十束,五种颜,五种色,刚好编脏辫十根!
草莓,一万颗,珠光闪!我统统塞进身体
喔,还有海柳烟嘴,镶着我的一圈口红印

出发啦!我要和你骑上庄园里最健康的马
它来自加勒比出产银羽毛的岛
它御风奔跑你就搂紧我的腰
草莓部队在我体内飞行呀!霞光刷遍银河
突然的暴雨点燃雨林,也让我们
突然简单
我抛下时钟和伟大,我转头只为
亲吻你的嘴唇

第一家 motel①的烤鳕鱼再好吃不过了
我在镜前拧被打湿的衣裙,你看着我
从纯情少女变为女巫
星斗满天,适合来两杯朗姆酒

不要喝醉,因为我们还要对着

胡椒味的新鲜空气比赛打喷嚏

我敢保证黄昏时听到的雷鬼还将在

明早的海浪中响起

是的,你也说棒极了

我敢保证你今晚入睡时

会把脸轻轻贴上女巫的长发

是的,你也说棒极了

2016-12-18 北京

① motel,汽车旅馆。

北大的秋色

再过一段时间,未名湖就会结冰

被人们喂过的锦鲤,就会到冰下隐居

鱼和人,各过各的寒冬

这些都是下个月的事

现在我想说的是北大的秋色

它比京城任何一个地方的秋色都要深

也短得让爱美的人来不及有所准备

上周友人还在说,那棵最大的银杏树该转黄了

今天黄叶已落了一地

我走在这深重且短暂的秋色中

尽量放慢脚步

却没写出心所期待的

那首困难的诗

2018-11-2 北京

那一天的光

那一天,昆明庭院里慵懒的午后阳光

被风载起来,拨着十一月的心事

东一搭,西一搭,草莓汁在半空喷发

那一天,我在滇藏线上

哀牢山深处,林间一剪一剪的

光带,向陌生的行人提供胸襟

那一天,光像薄薄的纸片

紧贴和顺古城的桥栏,等待有心人

进行华丽的开发

那一天,吉他声起起伏伏

流光在昭通城的夜色里明暗

我离开你,独自逆风而行

那一天,整个云南的光都是好的

把生命幽暗的角落也辉映成

小麦肤色

那后来,我还是在聚散离合中握紧手电筒

再没见过

那么好的光

2016-9-8 云南昭通

第二辑 灯塔

伟大的南方

二〇一三年西安草莓音乐节
彭坦唱起《南方》
在一众的北方口音中
南方铲开思想的稗草,清晰地走向我
带着稻田工厂红蜻蜓,小镇和大城市
带着春衫下的薄汗香走向我
生平第一次——离开南方后
我被它真实地暴击
也是在那一刻,南方才从我身上生根
我盒里的恒星击碎寒武纪
在一路向南的途中光芒万丈

再次邂逅南方,是二〇一九年年末北京的冬天
清晨坐车穿过陌生的城区
早间新闻正播报南方的消息
我知道那边草木依然蓊郁
在潮湿的季候里滚着珍贵的热气
而这边,新的一天又从浓烈的叙述中降临

车窗外，人们将双手插进棉衣口袋

站在公交站台上久久地等待

沿途看过去，微尘的灰度拔高了半旧的大楼

道路如此拥堵，班车迟迟不来

也或许下一秒它就到了

                2019-11-21 北京

二〇一二年十二月二十一日,企沙
——致韦香香

我们从镇上最好的酒店出来
过码头,在煤灰沉浮的天穹下
走向海心沙

谈论车螺,摇滚,出路,过往的男人
更多是谈论
我们自身迷惘的部分

二〇一二年十二月二十一日
传说中的世界末日
如果你把地图缩小
耐心点,再缩小
将坐标定位在
中国北部湾这个叫企沙的小镇
就会看见我们

站在海心沙中央,抽着烟
平静地接受海水的包围

没有什么天崩地裂

我们也暂时忽略了

一直承受在内心的瓦解与毁灭

但它们的确在发生

如同海的腥咸味

风一吹，就一波又一波翻起

2015-12-6 北京

第二辑　灯塔

冬夜，Moon Dog

在 Moon Dog，我还剩半杯 Mojito①，
微微喘着气。
跌跃在齿间，是春芽的碎片。
《白银饭店》，自邈远的山峰涌过，
山谷有回音。

囍儿说了好多遍：
"有朋自远方来，
今晚我好开心！"
虽然他每天都在笑，
把自己的二十岁
提前笑皱了。

坐在他旁边，我的蓝风筝
还在崖上翩跹。
阳光猛烈，我耐心收放着盘线。

有一条空走廊,始终

回荡着

无处可去的风。

风在冬夜微醺,

走廊在我们的生活中,

越掘越深。

听说就在上周,昆明刚下过一场罕见的雪,

整座城市,

正在努力尝试

如何安置

突如其来的白。

"从高处看我们就像风中的草。"一曲终止,

囍儿送我回去。

瓦仓南路短得过分,

走到告别的路口,

第二辑 灯塔

我们还没想好，

该不该拥抱。

2014-1-8 云南昭通

① Mojito，一种鸡尾酒。

游德清新市古镇,见古代防火墙

在房屋的头顶骑得太久,它感到
蓝天已丧失应有的神秘。
它想要一双绿色的腿,像那些会飞的植物一样,
风起时奔跑;秋天来了,就在原野上跳舞。
真的,只要一双腿就行,
它就能击破内心的虚弱,获得另一重生命。
熟练驾驭着高度的日常里,它隐隐担心
体内豢养的防火材质,
会病变,对抗,坍塌,最终一无是处。
而我的担忧是另一种:
我急于洞穿它幽深的骨骼,
挤进下一座迷宫。

2017-11-12 浙江德清

大辛庄甲骨文秘史

微风把高高低低的树叶翻出两种颜色,
这片林子和我的心,都浸入充实的静谧。
星空冒着钻石的气泡,如黄河奔涌
无止;闪烁的光点,
流遍了我的身体。

一个声音在我头顶说:
"赞美吧!我特许你将这些事物命名。
请把它们留在龟甲上,
用深深的刻痕证明:
此时永存。"

我的眼被一种明亮的洗涤剂打湿,
青春驾着四轮马车归来,
在我的骨缝间,种下稻麦、果蔬和青草。
这是家园:
清晨起来,厨房里有食物,水缸里有水;
孩子们为游戏发生争执,不多一会儿就和好;

母亲精心饲养的家畜,从不为饥饿懊恼;
当大雁又要结队追寻更远的南方,
她就在田野上收割,高声歌唱。
……
我一生都不愿放弃这样的想象。
我爱这疼痛的世界,
尽管它总在用繁复掩盖谎言,
挑战不义的极限;
它制造黎明前的逼迫,
令我们抽搐。
但是赞美吧,赞美!
我终于能在死之前,将热爱的一切赋形,
让内心的景象脱胎成手中的符号,
它们必有江河之壮阔,大山之脊梁。
它们一诞生,就必不会废去,
还将繁衍出众多健美生动的子孙,
安慰一代又一代
高贵的灵魂。

第二辑 灯塔

千万年后，你站在这片龟甲前，

也会听到

曾经启示我的声音。

                                            2018-8-2 北京

乡村教堂

人们从村庄的每条道路赶来
进门前,先蹭掉鞋底的灰
理一理新换的衣裳

地是水泥地板,墙是红砖土墙
大厅中央,他们站成圈唱赞美诗
"在黑暗中沉沦,你伸手保护。"
"有你,我生命不一样;有你,我生命再燃亮。"
歌毕,拉住旁人的手
闭眼祷告,祝福对方

后来他们摆开椅子,挤坐在深冬的折痕里
依次登台,歌舞,弹吉他
分享一年的伤痛和领受的祝福
喜乐继续蔓延
打哑语的大婶,眼里燃着深海的光
害羞的年轻夫妻,在众人的掌声中紧紧拥抱
叫小雪的六岁女孩,穿着白海马毛开衫

手捧烛台，随父母诵读

她暂且理解不了的《诗篇》

他们把最好的带到这儿

在泪水中原谅，在更新中盼望

寒风，钻进反复修补的玻璃窗

他们说相信永恒

这一生，安心等待着迎接死亡

那是二〇一〇年平安夜

在北回归线，一个僻静的壮族村落

我常常想起那一切

在流浪的每一处，灯火辉煌，夜色凉薄

浅浅的泉水漫过我心底

2017-2-24 陕西西安

一个男人和他的倒影

——游常德司马楼，见刘禹锡塑像

省略修辞，现在的风约等于那时；
削去岸上的摩天轮，竞相长高的楼房；
抹除汽笛声。别忘了，再擦掉身后这栋
为他盖棺论定的司马楼。

他凭栏远眺，想用视线咬紧
遁身在烟渚之外的空白。
为它，他付出半生的失意：
淹蹇，哭，醉，仰天长啸。
他已经承认，即使用宗教的虔诚
以清净的双手研墨提笔，也无法
将这种空白，还原并控制在
纸做的方寸间。

晚霞点燃了半边天，片片金鳞跃出湖面，
搂住下沉的暮色。
这南方的水，委身于恬静的坡度，

运转柔美的力,一点点销蚀他对不朽的妄想。
朗州已入秋,洛阳繁华转头空,
乌衣巷口,再不闻旧时丝竹。
真的,不止一次,他想纵身一跃,
与那种空白勾结,成为它
暴力的一部分;他想反转自己的消化系统,
饮血如饮美酒,磨骨如浣衣。

但他深知,站比跃更难。
当一个人站着时,要保持
长久的平衡,才能坦然面对
天地间的鬼神。还必须为自己的倒影寻找
稳固的支点。水中的另一半,
早已将凌云的抱负,方块字的丰功,
进行了虚化处理。它参与对他的重构,
给他喂下
同销万古愁的迷药。

与倒影站成一条无缝的直线，不代表
就获得解脱。这一生，
真世界焚琴，假世界煮鹤，他不敢猜想
走到尽头，但见落梅肃杀，沾满衣襟。
如此反复的折磨，
在他心里，绕成迂回小径。
绕到死结，只有流水，
能翻覆星空，能抗衡空白，
同时也带走他的皮囊，撑得太久的
倒影。

千年后的这个夏日，我来到他身旁，
将我们的倒影叠在一起。阳光掸走岚霭，
水面如镜。高楼拔节之处，现代城市再次强调
绝对的合法性。
他，或者我，我们静静地凝视
那空白，

第二辑　灯塔

那永恒。

有叹息从湖上展翅飞过,

我们绷直身体,等候时光的审判。

2016-8-15 云南昭通

在科尔沁蒙古包醒来

可能并没有醒来，不过是

深入了另一重梦境

我推开红木门，踏上被草丛包围的小径

狗尾草将晨曦剪成一条条倾斜的绿枝

蒙古包敞开娴雅的爱意，为大地哺喂初乳

我走到哪儿，光就跟到哪儿

这陌生的新生令我恍惚

就在刚才，我还不确定

坚果裂缝处的第一缕清香

能在微风中站立多久

人总是要独自行路才会发现

与自己厮守得最长的，不过是自己

与自己疏离得最久的

也只会是自己

人们都有类似的烦恼

抵达快乐的路径才是各个不一

这时，我找到了一根半旧的水管

我梳洗，让清凉的水溅到

裸露的脚趾上
仿佛这样就能开始另一种生活

        2018-8-25 北京

在柳州的一天

我给小引发信息:
"小叔,我到柳州了,
这个曾在火车上多次经过的城市,
真的很热。
我不打算找他,
永远不会找他啦。
现在我在步行街的星巴克里,
喝完这杯咖啡,就出去走走。"

后来,我没给小引说,
接近黄昏时,
我到了柳江边,
提着裙摆跨过一段泥泞处。
脚前是一片鳞甲四翻的干燥土地,
江面仿佛被移到对岸,
我看着光点随风流动,
拈不出一个词语。
我转身寻找别的风景,

那里的土层被阳光砍开了更大的伤口，
一道，两道……
与我局部的记忆隐约对应。
听不见任何声音，巨大的树荫覆盖着
草丛下的千军万马。

        2017-2-25 陕西西安

成都东站站台

一瞬间,我以为前面的老人是祖父
仍戴着那顶毛呢贝雷帽
仍是整洁的蓝衣,在站台多边形的阴影里
衣袂翻飞着持重的深秋不认可的飘逸

啊,爷爷!我在心里喊
为什么多年以后,凭借他人的背影
我才真正地认出了你
像认出合唱队中唯一一个闭紧嘴唇的人
当镀金的旋律响彻宇宙,你喉咙里的海啸
挤成两道狭长的空气游出鼻孔
你从后院取下了晾晒的锦缎,梅树上白雪乱跌

那个老人没有转身
爷爷,他握住行李袋的手和你一样
握紧的还有全球气候变暖后,困兽心中
不可逆的怀疑

我也不愿转身，怕看见自己走过的路

都被复制成你熟悉的影像

怕回到灿烂冬日，我们是并排坐在

枯梅枝上的兄弟

        2018-12-28 陕西西安

什刹海

不是冰块,
是铸为一体的银鹿,
是太阳系诞生前,宇宙一闪念的空白。
鼓声与歌唱,用浮在空中的手,
将冬天从雪地里提起。

一种暖在我们之间,点了一下,就漾开。
它轻轻一笑,压下
黄金的疯狂,青铜的尖锐。
受伤的小兽隐居于地平线,
森林在消失,我们回不去。

已经尝试了疲惫,游移,贪婪与放肆;
已经尝试了奔涌,宽恕,厌恶与离弃;
尝试了可能的、不可能的尝试。
看,黑暗,是灯光的裙摆上,
温顺的花边。

水妖抖开宽袍,我们越过古典和废墟。

在你怀里呀!一首诗让我绝望,

绝望抱我燃烧。

2015-12-31 西安

大罗山观云

惊奇!多少年了,
我走出山,又回到山,
并且爱上它。
找不到比它更延绵也更孤峭,更敞开也
更隐幽的顽主了。
只要地球还在,它的腹腔里就隐着
未知的火力。不要问我为什么,
对于山,以及永恒,
我从未看清过。

大罗山的云,我爱的也是它
亦真亦幻的品质。
站在山上看山下,被视线缩成模型的茶树、水石、
禅院……
都被山岚泡过一遍,显得比本身宁静。
站在山上看山顶,够不到的大多数,
被云朵托举得更轻盈。
站在山上看山,遮蔽的,显露的,还有我自己,

总有一部分与云雾抱合在一起。

漫步大罗山中，

洁白的隐士令我若有所失，更心花灿烂。

该怎样感谢这份稀有的虚呢？

尘世太拥挤，

它只为狭窄的山径植下苔印。

2018-7-28 北京

锡绣

豆蔻和婚床,是她隐于绢面的内心景观
真丝,加固欢喜的心结,霜雪的绝望
一引,一刺,一拉
她盖住中年的赘疣
剪断日记里的省略号
当春韭满院送香
她让鲥鱼游过瓷碟的光条
明朝推门,巷口再逢陌生男子
那一步无声的踟蹰
也凝聚在针尖上

她用大浪下的耐心,把时间分解为针脚
再造一个繁盛的序列
"我不是艺术家,我只是工匠。"
话音未落
她又陷入那种重复,与寂寞对位
眼光追随手中针线游啊游

忘了是否一定要

在这世上留下点什么

                    2017-5-15 北京

海滨故人

我们朝回澜阁走去。
栈桥下，劳动者从灰玻璃中掏出海的女儿；
艺术家驯服石块，将它们垒成
袖手神佛。
迎着人群的曲径，你说到悲泣的庐隐；
无法再往前了，只有海鸥能抵达
人类渡不去的境地
关于白日梦，吊床和酒杯
那些使我们狂野又冰冷
颤抖并尴尬的毳羽，
从未背叛时间的馈赠。
也许百年前我们就活过一次，
并曾以耐冬的芒姿燃烧一生。
而今天，海浪正被风驱赶至礁石的领地，
波纹反向，像一条条玄色脊梁，
用不可阻挡之速持续后退。

2020-11-19 北京

山坡

暮光浮在红蜻蜓
散漫的飞翔上，
光的重量和蜻蜓的翅膀近于无。
整个世界青山辽阔，毫无道理。
我看得出神，没注意母亲的唱词
拐了几道弯。

我们身旁，胭脂花沸腾的紫红色，
把泥土的手心滚得又香又痒。
风正在降温，
远方，还在向梯田派送伞兵。
母亲说："天快黑了，该回家了。"
我便跟着她往家走。
她的大裙摆沿着小路飘啊飘。
二十年了，
今天的风使劲儿凉，夜空也再不见星星，
我一点点忆起她裙摆舞动的弧度，
那么朴素，那么洁白。

2018-4-6 河北定州

故乡

那一刻独属于你：
你跷起指尖，一点点揭开天空的金箔纸，
抿到黄昏刚出笼的草莓心。
之后，整个夏季被加封透明的唇印，
广播唱词击中另外的少年，
护城河畔荒草萋萋，鸽群飞进了时光的抽屉。

总会有时因自由而苍茫，
总会有时因辽阔而悲伤。
总会有时，北方冬夜的琴套抖不出一颗星星，
那一刻就涌来，轻敲梦之门。
河山万里，轻舟如梭，
你手持钻杖回归襁褓。

2018-1-19 北京

灵空山抒情

如果有一座山能在天上飞
那一定是灵空山
灵空灵空,盛夏的鼻息下,甩开了身体飞
它怀里冰雕的圣寿寺、峦桥、石阶……弹着溪流声飞
氧气,系上薄荷色的纱带飞
九杆旗和它的小孩子们,蝴蝶和蝶翅上的花粉
也飞
它们从不缺发自内心的清凉
宛如初醒的晨露
在摇篮边荡着自在的秋千

走在林中小径上,脚下土地似有似无
我似有似无
一种宁静的轻,把行将隐匿的我抬了起来——
在跷跷板的另一头
世间万物正涌到飞与静止的争议地带
吵嚷着,度量一个平衡点

而我陷入云的沙发

满目翠绿消失于空镜

野兔在透着光的繁叶间悄悄张望

2018-8-1 北京

第二辑 灯塔

第三辑 | 朋克过山车

写伊尔库茨克的清晨

写伊尔库茨克，写一段金锵玉鸣的冒险，
写滢光浮闪的履印，在白桦林深处辗转。
从安加拉河岸写起，最初的词，
沦入温存的松软。
相信我，没有比雪更可靠、稳当的镜像了。
堤岸漫长，容我再写几条直线——
远处，人和他的狗，一前一后，
行在蓝冰的棱面——前奏与尾韵之间，
四五束浅粉色晨曦，层染出冰雪世界的丰饶。
该来条折线了。舒展的拐弯，
将我领至街心花园。
像一把精粹的银匙，天鹅
在白露生烟的水池里回旋；
我须得确认：与随性相比，
任何时候，优雅都只是它的第二品格。
嗨，太阳出来了，
我们快戴上墨镜，去一趟马克思大街。

看看沿路的小型露天画展，

青年们用新绿，为西伯利亚预订了春天。

哎呀呀，到了到了，美丽的店铺全关着门，

别沮丧，只需轻推一下，

屋内暖气保准熏得你头晕！

同样内热的，怎少得了俄罗斯男人，

爱情是伏特加，不饮则已，一饮即入秘境。

脸迎着阳光，我想起你毛衣上的蜜糖，

我的自由披着精灵的头纱在记忆中眯起眼睛。

转过身，雪堆在街角，雪人打着新鲜的喷嚏；

伊尔库茨克的清晨是圆满的珏，

一半是我，一半是我不曾拥有的美玉。

时间不早了，现在，

我要重拾汉语，用一种新的步伐原路返回。

我将经过十二月党人的风琴，

经过普希金，叶赛宁，托尔斯泰，

陀思妥耶夫斯基，帕斯捷尔纳克，

索尔仁尼琴,还有亲爱的塔可夫斯基……

一个奇妙的清晨有千万次诞生,

我愿以这次书写通往无限的颂赞。

2019-10-25 北京

深海烛光鱼

两座海底峡谷渐靠渐近，拢住水流往上挤
一次次，烛光鱼鱼群驮起珍珠项链穿过浪头的玫瑰椅
像一列崭新的宇宙飞船，我冲出海面占领七色光
旋即被吸入寂冥
圆满与虚空反复对焦，新纪元配合我珊瑚的密度更迭
不知这一刻你的历史中有多少星体醒着
你深入无垠，在时空的窄门与我相遇

2018-12-25 北京

惊蛰

你惊讶在我体内

竟有这么多从未现身的虫子

瞬间齐齐振翅

它们伏在早春伤口斑斓的地表下

歌颂我滚动在荒原上的明艳

你陷入我

宇宙拉紧我们的手

一圈又一圈,飞翔在火焰的墙裙边

佳期如斯,我却恍然从人世抽身

凝视你的沉醉和欢喜

我用尽力量颤抖,覆住巨大的悲伤

窗外是辽阔的蔚蓝

而这张床上,我全部的冰块还在闪耀银光

2017-3-12 北京

要么，要么

我把搂满水分子的花蕊，
一根根，从仲春的腹腔里拔出来，喂你。
我把小心藏好的婉约，
从游动的蛇蜕里抽出来，缠绕你。
我满世界奔跑，揽住南来北往的清风，
鼓起腮帮吹向你。
我唱歌的声音，
从嗓子眼里抠出来给你。
我的骨头，铿锵而闪亮，交到你手中。
骨里的蜜汁、香氛、血丝、野蛮，
全部倒出来给你。

我并未因此就
变得匮乏。
因为你也把你那些
陌生的亲近的，好的坏的，有力的软弱的，
光辉的可笑的，统统挖出来，
环绕我，填充我。

你一边耕耘着大工程,一边对我耳语:
"我的公主,你多美呀!"

直到我们疲惫的手轻轻扣在一起,
巨大的静,简直要盖过空的风头,
无悲无喜的大河在我眼里流动。

哎!冤家,禽兽,黑桃 K,
我戴罪的小羊羔,
这年头,所有的不确定都是轻浮的伤害。
那就这样吧:咱俩,要么天各一方;
要么,就爱到死。

2017-10-26 北京

小魔鬼

小魔鬼实在是太有威力了
不费一丝洪荒之力
只是吹了口气,就把我
推出我的身体
它拉了一条金板凳坐下,跷起二郎腿
对你发号暴君的施令
我在我身体的大门外团团转
眼巴巴地看它扮演我
数落你,指控你,诅咒你
把爱的反面演绎得如火如荼,浓墨重彩

很快,我在这种陌生的情绪中找到了快感
开始怀疑,小魔鬼并不是我的敌人
它才是真正的我,我只是它的假灵魂
我上辈子一定是一个悍妇
撒泼,打滚,提起菜刀晃两晃,样样在行
要不,小魔鬼怎么会越说越有理
我怎么会越来越有冲动

要跪在小魔鬼脚下，接受它的统治

举双手赞成它污蔑你，惩罚你，奴役你

它想把这房间里的东西砸个遍

我就说英明啊我的王，让奴才来为您效劳

保准砸出史上最高水平

然而，你并不打算与小魔鬼谈判

也懒得和它打仗

你只是一把抱住我，抱得紧紧的

小魔鬼一惊，没想到世上还有这样的事

它的金板凳也跟着摇了摇

我突然意识到：小魔鬼想控制的不是你，而是我

它才是我真正的敌人

它巴不得我从理性的秋千上摔下来呢

——它早挖好了无底洞，只等我一摔

就把我踢进洞口……深渊啊

到那时候，我再也看不到你……

想到这儿,我在你怀里呜呜地哭起来

你外套上温暖的绒毛糊得我满脸都是

我明明闭着眼睛在哭,竟也走回到自己的身体里

奇怪!小魔鬼不知何时逃跑了

我坐回我的宝座上,脸颊却越来越烫

你还是一言不发,只是轻轻拍打着

我抽泣中的背脊

为了给自己找个体面的台阶

我只好悄声说

小魔鬼是恐怖主义,我们要热爱和平

2018-11-2 北京

钝刀

你将星钻钉进我的身体
在书写新纪元的征程中
你的人生,又在磨刀霍霍

你还一并钉住我的脆骨和软肋
我盛世之外的鹅毛雪
胭脂锁,梅与鹤

你需要我的分身和象征
我的四肢被你钉在丝质的车间
我的连衣裙,被你挂上临风的路灯

你也除去我的锈斑
用手指蘸着我胸腔的灰尘写下密码
当然没忘记,把秘密庄园的玫瑰扎进我
流浪的自留地

爱人呀!春光的骨头与夏日的骨头

正发出澄碧的摩擦声

我该怎样让一棵树里的屈辱与快乐

握手言和?

没有第二种天气

为了花好月圆

我振动蝶翅,迎向你刀锋清甜

2017-5-25 北京

我想起你时

夏日的杧果树,地表涌起的热浪

午后街头寥寥的行人

都可以忽略了

我只记得

你坐在琴房中央

低着头,抱稳插电的木吉他

它真大,还好你的手

能准确控制

它的一切

光穿过你身后的玻璃窗

你嘴边的南洋红双喜快燃尽了

最后一个 C 和弦还没弹完

现在风也在我面前吹着

风里少了一把木吉他

2016-5-14 北京

急

我们总是那样急
越临近相见,越没有耐心安抚
渐渐加快的呼吸
终于相拥在一起,来不及拂去彼此脸上的尘烟
就粘贴,吸吮,镶嵌
像骑在快马上的两个盲人,一头扎入对方
挂满露珠的蜜桃地

那么急那么急
急得时间战栗,急得阳光骤然一凛
旋即加倍猛烈
急得春天拼命缩短,丝袜到鞋尖的路程又太长
急得我们忘了在幸福中
哪一部分才是自己的

那么多那么多的急
却是为了堆出今天缓慢的,缓慢的
回忆

雨过后,我还能精确地嗅到

每一次起承转合里

你缠绕在我翅膀上的味道

为了这般孤独时

灰色的天空若隐若现一抹微蓝

    2017-8-25 陕西西安

第三辑 朋克过山车

你会不会也一个人走在冬夜大街上抽着烟

明亮的灯火,好看的眼睛

是为了迎接谁

大道,在风中挺直身板

将分岔与曲折藏匿于宽阔

是为了让谁越走越累

一个与自己不停较劲的人

面对爱,和它背后神秘的力量

手心发热,而烟头

从红变蓝,由蓝变小

我从未像此刻一样想你

也从未像此刻一样迷茫

2016-12-11 北京

再写西贡

再次在纸上写下西贡是十四年后了。
十四年前,我拆开《情人》的塑封,
已决心过一种
云朵的生活。
冬季的中学校园,绒帽情侣们倾心的夹道,
枯枝吞吐着白气。在人群中,
我思想的初夜先于身体降临:
船帆,刀锋,一丝丝
略带腥涩的清甜。而我如何与你分享这些?
我的罂粟籽还在生长,
浓烈的前景裹藏着朴实,你也是。
你到教室找我,我们并肩洄游又一个晚自习。
时针缓慢,你的字很好看,但你的草稿本
只有未来的公式。
那些夜里,我们踩着碎晃的灯光走向各自的家,
转身的一瞬,我的飞毯向海面飘去。

你再次来找我时,身上的一部分

从男孩变成了男人。你没有说,可我懂得这
繁复的过程。你从镜子里凝视我,
凝视冰川落满悲伤的白雪。正是那一刻,
我知道我们从未阔别,尽管余生的分离
仍将长于相聚。

等等——为何中间的旅途,竟被压缩成须臾?
两个无知的成年人,总算要面对
少年时禁闭的星盘。
那是什么,极乐还是深渊?
是一个又美又渴更骄纵的词,无可救药地
缩小我们秘密的疆域。
门上的缅栀子被风吹落;
姗姗来迟的烟绿,在虚设的栅栏外荒凉。
不,正因有那大于一切的,故不能;
快把我流放,否则我,只有投降。

你走后,CD 一直搁浅在唱片机里,其实我们从未将它听完。

阳光下阴影的一边,我以狭长的灰

压住野马的阵脚。

好像历来如此,虚妄才是我

最忠诚的伙伴!当我告诉你,今天的晚霞又被

剥夺语言的贞操时,它早已是我道上的狴犴!

亲爱的,我最大的幸福无非是孤独,其次才是

用孩子般的手指穿梭你的发卷。

我重新变回雪意,幻化成你东方的冷峭、古典的

惘然。

听,静默。只有云的分解节奏,在我体内行进。

是时候向你说说西贡了,但我没提《情人》,

没提我心上

抵挡太平洋的堤坝。这道永恒的伤疤,

总在不甘地增高,总在海潮中溃散。

是时候回去看看了,回西贡,回越南,回时光长

乐处,

回到故乡下雪的窗前,俯首滚烫的文字。

我不确定下一次,会在湄公河的入海口待多久,

可只要想一想,就仿佛获得了热带

再不松手的拥抱。

我也不止一次想起你,

曾用夏天全部的尾调向我的双唇输送颤音。

想你在巴黎,用杜拉斯的母语改装余生的模样,

清晨醒来,你裹紧衣领,迎接薄露阑珊的秋凉。

2019-10-10 陕西西安

你自己都没发现的

你大人起来时

大人得不能再神气了

但你萌起来时

也很可爱

你的可爱躲在一朵小花花的蕊蕊里探头探脑

小心翼翼地

刚睁开眼睛,在水中划手蹬脚的

默默地

有的时候,你就有这种

蕊蕊里的可爱

我发现了你

你自己都没发现的

请你吻我一口,谢谢

2017-6-11 北京

第三辑 朋克过山车

十一月的某一天

此刻，世上不会再有
比蒜薹炒肉更贴心的食物了。
真好看，他专心吃饭的样子！
专心，将他从大人中的大人
变成孩子中的孩子。

这寻常日子，偷懒的冬阳，迷糊到中午才把
苍蝇小馆的玻璃门
一方块儿，一方块儿擦亮。
人们挤坐在木质的向往里，
满屋菜香，翻炒着烟火尘世
低调的辉煌。
他也身处其中，又好像随时可以
加冕为王。
今天他的王国多么富足，
桌上有热气腾腾的蒜薹炒肉，
身边是静静陪伴的
从暴风雪中一路走来的女人。

2017-11-27 北京

去火星旅行

那里一定有座巧克力做的小山,
我们不会饿。你甚至喜欢我微胖一些,
穿牛仔裙的样子。
每天清晨,戴软毡帽的乌鸦,
衔来新摘的小闲情,小痒痒,
它粉色的翅膀擦着我的发梢,
它说:"小姐,你早。"

再没有其他人啦。
你尽管高兴时吻我,生气时也吻我。
电影院设在河流中,
并肩坐在河边,就能观看
宇宙的故事。宇宙的姑妈、小表弟、老舅的故事,
宇宙那个坏同桌的故事。
看到相爱的情节,我们就
变成两块小石头,钻进草丛说悄悄话。
那里呀,星空比爆米花甜,
树叶都是蓝花布。

我们还打跑了从黑洞来的海盗,破解了寻宝图。

拉钩起誓不挥霍宝藏。一切已够丰饶:

不吵架,不欺骗;不衰老,不厌倦;

不会生病,

偶尔会疼。

谁突然疼了,允许谁大哭一场……

好吧,为了那一天,

我会努力活得更久一点儿。

2017-2-24 陕西西安

蔚蓝

你无法长久地拥有我,正如我从没想过
能长久地占有你

海啸托起生锈的沉船
我在极光肃穆里弹奏跳音

很久以后我变成松脆的骷髅
成为印第安风铃上的一枚零件
你开着老福特经过安第斯山
云朵下有蔚蓝的回声

那就是我未说出的一切
我曾把牡丹插进长辫,穿上扎染裙站在路口等你

我一再把徘徊吞下,像新月吞着青蛙

你将爱上香草酒,暮晚的谣曲,而我宁愿你猜不到
我的宽容出于绝望

我只有把寒风卷进衣袖，才能一个人

在沙丘上潇洒地走

2016-12-5 北京

一小块儿

原来,我的整个坐标,
有一小块儿是留给你的。说它是
微光也行,残骸也好,
反正它泊着,保持深水区的骄傲。
想起你时,它就长出些
芒刺或苇草。
在漫长的分离中,在男人女人们喧闹着
加入我们的曲调,游过我们的身体时,
在偶尔的痛感与惯常的丝绒里,
它只是空出一地薄灰。
唉,当你终于越过锯齿的澎湃抱紧我,
我应该和这一小块儿同时颤抖,
最好哭出点儿声来。但什么都没有。
我被一头叫沉静的怪兽给制得服服帖帖,
它的爪子,在我心上画着缠枝的幻象。
你的唇辗转于我颈后的头发,
而我竟忘了那一小块儿,仿佛自己正
融进怪兽的内部。它引我们来到

陌生的海港。

我一步一步往前走去，背对你，停在那条

泛黄的直线上。

         2019-10-11 陕西西安

绝望的时刻

她交叉起左右手,轻轻抱着他的头
红指甲躲藏在他的发丝里,温顺
喔,黑色的天际,又多了一些银色的流星

"我爱你。"真该死,她忍不住说了
窗帘沉默着。荒原一半暗,一半寂灭
"我也爱你。"他附在她的耳边应答

(一场大雨在侵蚀她生命里的火焰
他们再次妥协于美蛇般的词语)

       2016-9-14 云南昭通

一段路

每次和你分开后,我一个人
要走过一段路。从头顶到脚趾,还萦绕着
热浪的余波。而无边的冰峰
又临到眼前,融解暮光、车水马龙
和头顶的星座
我踩在碎玻璃上,玻璃碴儿吞吐月光

你给的甜酒,你种的樱桃树
你拨过的
断掉的琴弦,都在这条路上低空飞翔
辨认彼此的面庞
我将瀑布叠进衣袋,收拾好每一粒
小而无用的珍珠。下一次
你还会抻开这漫长的素白
它渴望飞流直下

在路的尽头,灯火跳跃,仿佛不是我
在走路,是路在带我走

秋天深了，我们还未曾在严寒里依偎

下雪时，我会摘下树木的方巾，写字给你看

写不出的，就交给亲吻

2016-10-12 北京

第三辑　朋克过山车

轻风

我不敢妄断：经受了足够的淘沥
笼罩着我们的沉重是否会变轻盈
我锁在玻璃盒里的碎瓷片
又如何从不朽中张开羽翼

我的勇气正朝着虚无漫射
你坐在窗前，将掉落的纽扣重新缝进大衣
十二月啊，蓝色刷新了天空
阳光照着我们的影子
我姑且把这一切视为抒情

即使是这样的上午，也从不停留
我们在更多地侵略彼此
而我想到未来，然后忧愁
我想走开，站在世界的外面，站在
有白色海鸥的海上
把回忆与战栗一点点掏出来，沉到海底

那些都有关你,也不全关乎你

天冷了,我把围巾缠了两圈

让上面的花朵和刺

把脖子勒得再紧一些

它们在风中疯长

就像流水漫过沉默的岛屿

      2016-12-14 北京

第三辑 朋克过山车

局部小动物

你是局部的高人,局部的小动物
发现了这个惊天小秘密的我,当然更喜欢
你小动物的一面
小动物的你巴掌一摊,把罗曼史的氢气球放上天
你飞过的胡同,雨后银光纷纷跳着降落伞
挂着花棉袍和黑礼帽的杂货店,钻进马蹄莲
策黄昏七点的南瓜马车开进
古早挂历封底的小田园

小动物的你也没有年龄
你把年轮插进树的横截面,送给它一张
浣熊喜欢,焦糖也喜欢的唱片
人参喜不喜欢,得问它的胡须
蓝色喜不喜欢,没什么关系
小动物的你甚至没有形体
你问:"我的皮毛呢?我的爪子呢?我的神态呢?
我呢?"

我说:"你就在我的每一处里,
你找到我,就找到你了呀!"
你问:"如果你也不在这儿呢?"
我说:"那我们就在'此在'里拥抱着呀!"

因为有着局部的小动物,你那局部的高人
才没有板起面孔,锈成一枚腐朽的勋章
才没有瓜皮帽一扣,羽扇一挥
举起大喇叭宣称:"情诗嘛,
只能写得深情绵绵,苦大仇深。"
秋天了,树唱片公司穿上迷彩背带裤
小动物的你和高人的你在坐跷跷板
双方都没使劲,小动物的你竟能不声不响地
把跷跷板的这头压得更低
高人的你问:"为什么我升起来了?"
小动物的你答:"因为我替你照管大地。"
高人的你引诱道:"你不想和我一样上升吗?"
小动物的你说:"升不升由我,

反正我是小动物,我有翅膀啊!

你是高人又怎么着?你的道德不也重重的……"

不要得意,如果你和我坐跷跷板

那高高低低,得由我说了算。谁叫你

是局部的小动物呢?

之所以我就是有这个胆量,是因为此刻

你的两个局部都不在我的全部里

我又空又痒,把跷跷板的弹片,拨得呼呼响——

虽然我的肩上,还有小动物留下的

一弯青草般的齿印

2018-10-20 北京

林中雨

清晨,我们在林间木屋苏醒

梦的边缘鸟鸣依稀

雨来造访,整窗青翠翻曳起微澜的声响

一片又一片,湿得满头满身的云南樟

宛若枝头新生,长回它们的青春期

那叶肉的小人国,伸出所有手掌

接住飘移的素霰

呀,林子好空,山谷不语

我无限的虚妄,也在你怀中微醺酡红,渐潮渐暖

与所有内疚的悲剧一样

美好的或许永远都不会发生

但只要想一想,我就能忍受今天的一切

就能独自泅过余生漫长的离别

2019-9-6 北京

黎明

光剪开交叠的窗帘
光,在光中迷失自己,转瞬又抓住
另一个自己

我们重新生长
把负累疏通为轻盈
再把轻盈刷满五月的花瓣
光就与我们局部的黑暗坐在一起

这黑暗也变得柔软
我们吮吸初夏的乳汁
用恰到好处的香甜填充彼此

味觉趋于饱满
天正在明亮

2017-5-7 北京

吉首：爱桥

我看到你的眼睛，在霓虹最暗的位置，
挣脱黑洞，将蜡烛举过额头。
野火在我们体内蔓延，荒野，山坳，河堤，海岸线。
迷失的岁月，它也不曾停息。它爬过
弯曲的光片，废弃的邮筒，潮湿的石壁和一整条
在雨中张开翅膀的小巷。我看到它们
在你的眼睛里，变璀璨，变清澈，像风筝一样离去。
江水摇动着倒影，我们是两本金色的字典，
从最后一页开始翻卷，
删除所有的文字，拼音，典故，释义，
回到第一页，重新书写。

我们亲吻，拱形的桥梁，获得了
一种平均。我们对称，整饬，
有同样的眼睛。我调节呼吸，尽管它时时
战栗。眩晕，眩晕。天鹅衔起蓝莲花。爵士鼓。

反向的手心。

我在凝聚。

　　　　　　　　　　　　　　2015-12-14 北京

只有你能改变我身上的大自然

你摘下我谷底的野罂粟,移植到潘帕斯大草原
在云贵高原,你把飞溅的瀑布引入拉斯科岩洞
入夜了,罗布泊说冷,你就舀来温热的印度洋
上古的神话,被你拆成一个一个手掌
揉搓山峰,轻抚盆地
让它们熔解、流动,在阳光下重新颤抖

但更多的时候,你隐匿
我呢,是深海里紧闭的珠贝,不断分泌出忧伤的修辞
包着那粒近乎无,又硌得心疼的沙
假装听不见陆上的风暴

2016-9-14 云南昭通

哎哟妈妈

站也不对，坐也不对，万般作为都不对
从湿淋淋的梦里惊醒，他还贴着我的泳衣
两个人，靠在水上乐园的滑梯边，静止
晨起拨开窗帘，满院子阳光晃如乱剑
新鲜的生活就在门外，扭开锁
谁知道谁会向谁扑来
哎哟妈妈，女孩子怎么可以
一次又一次犯糊涂
怎么可以坐上狂想的火车
看车窗外田野浩荡，细雪粉金，每一粒
都裹藏着春天的信息
哎哟妈妈，春光是个什么东西
让人热得头发里是汗，领口里是汗的
是个什么东西

2018-10-21 北京

桃花潭平安夜

焰火升高。点亮暮色的鲁冰花
在光的制高点,俯视
生态餐厅里的我。我抹在碎片上的记忆,
被从天而降的迷离拉着,
还在往下沉。

你那边有热闹吗?我已离你太远,
没有约定过重逢。我也不再
去追问意义,不再有冲动去把
经历的残缺修补一遍。
我们带着错误上路,还将
接纳更多的浮尘。在路的尽头,所有这些,
来不及清理,但局部的平安
仍令我感动。这些年的平安夜:
北京,西安,海口,昆明……
继续往前探,在一个叫百标那楼的村庄里,
人们仰头齐唱赞美诗,盼望充满圣殿。
满天星辰,把翻新的世界,

温柔地抚摸一遍。

我曾在那里获得安慰。
多年后,我仍会记得今夜,
在桃花潭,风小跑过湖水,
半个夜空花团锦簇。
这般盛大时刻,我走进宁静深处,
想起了你。

2017-1-4 北京

烟

显然,激烈的进行曲有另外的表述
它在起伏中完成自己隐形的部分
但小号声戛然而止
天空干燥。云朵皲裂于分岔的车流
铜钱草向地心打开手掌

在你之外,我还需要另一种容器
容纳我
与生俱来的尖锐,不安,臆想与反叛
我将点金棒藏在沙发下
看我们的黑暗,一条条,狠狠摩擦
交错,最终逆向而行

我还需要一个暖水袋,一张长途船票
一支 Sobranie 的 Cocktail 香烟
这些,都不是你的小夜曲

曲终人散

跪倒的天鹅,从泥淖中爬起

我有着隐喻之疾

2015-12-25 北京

阳光铺满窗前

我又闻到了那条鱼跃出深海
扎进云层，翻搅起的蓝色海藻味
在急速摇晃的频率中，射线
滑翔于甜腥与流离的句意

无论怎样，三月是如约到来了
树林里那间堆满灰尘的屋子，该清洗清洗了
一个人，在黄昏的掌上行路
春风浩荡，眼目空阔
意外的温暖随风浮沉
有些被拈走，有些被浪费

2016-3-2 北京

小意思

我种下一粒种子
秋天时，满树的灯笼迎接你
如果你走来，雨衣沾满忧郁

我种下的小意思
结出了丰满的意思
红的我，蓝的我，绿的白的，夏天的
满身大汗的，你说我是热带的

你快活时，吃下一粒意思
会牢牢记住这一刻
初春的大街，两个人的影子
你无聊时，炒一盘意思
放点葱姜和彩椒，加大火
呛一下鼻子，打几个喷嚏。嘿，真不好意思
但人生太长了，你还需要一盏亮起的意思
照一照有时不那么舒适的夜路
在河边洗洗脚，蹬着鹅卵石，看萤火虫乱飞

嗯，有点意思

别忘了我和你满世界找意思
那么多暖暖的意思，快发芽快开花
小意思，大意思
雪花胸针一样的意思
我们之间，绝不只是意思意思

2017-2-28 北京

远山

二十世纪的万花筒已被秋水载去,蜕身为下个纪
元的漂流瓶
我想起你,如同遥望一座雾中远山
我们的窄道终会于星轨的重组时刻
走过的脚印,都在大地上扎下静谧而稳定的根系

2020-8-20 陕西西安

有一个晴朗的日子

这天气,是留给屋后的青苔晒太阳的。
待钟声过去,鸽子
擦拭天空和深海,
扇贝刚刚苏醒,用它的蓝镜子
照人的心。

所有言语,大的小的,轻的重的,都合上翅膀。
弄堂扭动腰肢,青草,
青草比春天更青。
硬壳书拥抱诗句,有了慈悲。
黑铁,在手中变成玫瑰。

看呀,我空了,我要飞了。
不攥紧现在,就可能还会坠落。
那么我飞,趁着暖风,
趁着风里,流星的香气。

你不要悲伤。

但你可以逆着阳光，

在书桌上趴一会儿，静静地呼吸、流泪；

然后，穿起晾在窗台上的白球鞋，

下楼去，

把涂着暗影的街道，一步一步走完。

         2014-12-30 陕西西安

街角踏雪

被末班的公交放到终点站了
走完一条路,又转过一个街角了
他耳鬓那缕
打着小结的鬈发
是不是还像告别时
在风里淘气,飘啊,飘

想在漫天的小令里走到
白的尽头
想一直这么走下去
看枯树影纵横的围墙边
挤在一起取暖的涂鸦
怎样用表情心猿意马
噢,这发起低烧的世界
两只毛靴子,一个长影子

2016-2-4 云南昭通

雏菊

第四个小时了

写句子。发呆。把空调打开又关上

在窗前站了半分钟又

光着脚在房间里走

想抽烟,想把没做的事都做一遍

想睡去又想保持清醒

突然荒凉

该向你证明什么,证明了又如何

在一个天真的游戏里

我看到自己的孤独星球

孩童的果皮

成年人的保鲜盒

对一朵雏菊的阐释是困难的

我收下花,它让我陷入

更深的理解以及

海的无际

2019-6-26 北京

第三辑　朋克过山车

雪夜永恒

直到雪花织成了银丝网
我们仍骑着摩托车漫游昭通城
我的手搁在你的衣兜里,头靠在你的背上
紧贴你起伏的田野,我眼前胶片蔓延一卷卷倾斜
街衢空荡,路灯向琼苞深处张望
零落的背影匆忙回家
我们有家不归,只想就这么依偎
就这么云中航行虚掷一生

真好啊,抹除语言的世界,唯有皎洁与你我无垠
我的彝族男孩,你的金色耳环迎风摇晃
和你整个人一样,痛饮高原的圣光
真好啊,十七岁
一小时前我们还在锆石的星空下亲吻
一小时后我们将去小酒馆烤火听摇滚
真的好,清酒般的爱情
它同时带来最柔软的,最悲剧的,以及杯中的
烟花

让我们身处其间而浑然不知

纷飞多年，那一夜的甜还流连于我舌尖

2021-1-8 北京

第三辑　朋克过山车

立春

我的词去了哪里？在
漫长的庚子年；在庚子年，无边的冬天。
它们离开我，像伞离开蒲公英。
每一秒，我等待着，我未完成，想用空拳握紧
固执的金属手柄。
壮丽的词典啊，请给我一个声母吧！即便只是
无病呻吟，或恼人的雨雪。
可什么都没有，未冲洗的胶卷已褪了色，
指尖的万古愁悄然罩上隐身衣。

万物静默，裹紧羊毛立领。
噢，这二十一世纪大都市将黑不黑的暮晚……
直到你从地铁那头出现，
吞吐寒潮也吞吐暖气，
穿过时光也穿过玻璃。
还是那熟悉的，青木瓜的晕轮；
纠缠的丝线再次，将林中湖染得深蓝。
你走来，交出你身上与我相同的部分，

擦去悲哀的灰尘,我看见

一枚琥珀在我们的行李箱里闪亮,宛若初生。

2021-2-3 北京

第三辑 朋克过山车

花园

今天你的大皮鞋在旅途中划桨
是不是
又飘出了一小撮儿煤屑
我的花园风铃盛开
枝头的刺,与柔软的红绞着手指

孤独穿上了绸衣,正靠紧篱笆往南张望呢
那一头,灰蓝步履轻缓
海风吹动着一道道清冽的战栗

2017-12-1 北京

朋克过山车

我们乘坐朋克过山车飞越热带雨林

穿帆布鞋的鸟群,驮起天空的汽笛

这发丝风中翻飞,漫卷细汗、奇异果香和光线

这鼓点持续敲击颤动的冒失

你是什么旋律

好像我从未听过,但顺手就能弹起

是否真有一个折叠的时空

在我们诞生前,就见证了琴弦上

每一次流连、摩挲与撞击

我有多久没燃烧过,你就有多久没点火

粉粉葱葱的音速,还在云海滑翔

我们是谁,我们在哪里

为何全部的高音低音都在涌来

一切滚烫的危险且远且近

2019-6-26 北京